七曜文库

TAROU SOUSHIROU
太朗想史郎

吉林出版集团有限责任公司

东晓

王宁 译

Togio © 2010 by Soushirou Taro
Original Japanese edition published by Takarajimasha、Inc.
Simplified translation rights arranged with Takarajimasha、Inc.
through Beijing GW Culture Communications Co., Ltd., China.
Simplified translation rights © 2011 by Beijing Jiban Book Co., Ltd.

吉林省版权局著作权合同登记 图字：07-2010-2441号

图书在版编目(CIP)数据

东晓 / (日) 太朗想史郎著；王宁译. — 长春：
吉林出版集团有限责任公司, 2011.4
（七曜文库）
ISBN 978-7-5463-4889-6

Ⅰ.①东… Ⅱ.①太… ②王… Ⅲ.①长篇小说—日本—现代 Ⅳ.①I313.45

中国版本图书馆CIP数据核字(2011)第043147号

东　晓

作　者	[日]太朗想史郎
译　者	王　宁
出品人	周殿富
创　意	吉林出版集团·北京汉阅传播
策划编辑	渠　诚
责任编辑	顾学云　李瑞玲
封面设计	未　氓
开　本	655mm×960mm　1/16
印　张	15
版　次	2011年4月第1版
印　次	2016年11月第2次印刷

出　版	吉林出版集团有限责任公司
发　行	北京吉版图书有限责任公司
地　址	北京市宣武区椿树园15-18号底商A222
	邮编：100052
电　话	总编办：010-63109462-1104
	发行部：010-63104979
网　址	http://www.jlpg-bj.com
印　刷	北京航天伟业印刷有限公司

ISBN　978-7-5463-4889-6　　　定价　38.00元

版权所有　侵权必究　　　投稿热线：010-63109462-1040

第一部 山村

> 别无选择，我决定把这孩子背回家。背上的小白轻得让人吃惊。以至于每当他试图立起身子时，都会控制不住地一下子又趴在我背上，如同一只死青蛙。

最终，我还是先于小白离开了这个世界。我死后快有一个世纪了，但小白对那件事一直念念不忘。

"看我的脖子！"小白抬起下巴对客人说，"像被拧了一样吧？都是让接生婆给弄得，还好没死，只是脖子有点歪！"

"声音也是在那个时候……"

小白苦笑着摇摇歪了的脖子，目光落在了他的"折纸机"上。小白的"折纸机"比客人的大了整整一圈，反复折了好几折。小白把它打开、关上，关上、打开，轻轻摆弄着，嘴里还说道："这可是宝贝呀！"话音落后才慢慢转向客人。

"折纸机"把小白的语言转换成声音，传递出信息。

"生下来没死，就养着了，但是到三岁时，家里实在养不起了，就把我扔了！"

小白是被遗弃在山上的。其实他完全能找到回家的路，但那样只会遭到父母的呵斥，所以就只能一个人没指望地哭泣了。尽管如此，这孩子还是不由自主地哭着朝有人居住的村落走去。犹豫不决间，小白来到了一个堆放茅草的场院，索性蹲下来藏在了茅草里。

我正是在那里发现小白的。

我并非是有什么特别的事才去场院的，仅仅是因为放学后直接回家的话，一定会被差遣去拔草，才故意绕道来这里磨蹭时间，但是也得格外小心，以免家人怀疑。

收获前的场院中，茅草在日光的照射下发出金色的光芒，小白就蜷缩着斜躺在那片光芒里，犹如金光环绕的不倒翁。我问他在干什么，他没有回答，也没说自己是谁，只时不时地从喉咙中发出"啊"、"啊"的声音，用乞求的眼神看着我。

别无选择，我决定把这孩子背回家。背上的小白轻得让人吃惊。以至于每当他试图立起身子时，都会控制不住地一下子又趴在我背上，如同一只死青蛙。尽管很轻，下坡时我仍旧不免汗流浃背，连双膝都开始微微发抖了。

路上只遇见了田之上老头儿。这老头儿搭眼一看我背上的孩子，马上就说："好像是釜田家的二儿子呢。"

"是吗？"

我扭头问背上的小白，听到的依然是那"啊"、"啊"的声音。想到我一直对他那么好，他却连句感谢的话都没有，就算不说感谢什么的，就算还是个怕生的孩子，但总该有个答话吧？想着想着，我不觉气恼起来："把他再扔回去算了。"正想东想西的时候，田之上老头儿又说开了。

"不会是哭得太厉害,把嗓子哭坏了吧?"

从那以后,小白再未发出过任何声音,直到他拥有了属于自己的"折纸机"。也就是说,直到死,我都没能听到他说话。

我顺便又向老头儿打听起这孩子的名字。

"知道他叫什么吗?"

"不知道哟。"

所以我就给他起了个名字叫"小白",是一年前离家未归的狗的名字。

一到家,我就赶紧把小白藏在了堆放杂物的库房里。很难对家里人立刻说出"我捡回个孩子"这样的话,我多少明白小白一个人待在场院意味着什么。

最终说出这件事是在晚饭的时候。不出所料,父亲勃然大怒,掀翻了饭桌,弄得汤汁四溅。母亲好像平静一些,但也丝毫没有劝劝父亲的意思。太奶奶和奶奶更是无动于衷,她们眼里只有那台图像不清的电视机,要说对眼前这场骚动的唯一反应,那就是皱着眉头调大了电视音量。

父亲气急败坏地穿上拖鞋,一把把我拖出屋外,拉进了对面的库房里。他借着灯光四处张望,嘟囔着:"在哪儿呢?藏起来了吗?"话音中分明透着恼怒。

我指了指那台闲置的耕种机后面。父亲死死抓着我的手腕,气势汹汹地奔了过去。只见小白在那里睡得正香,把空裆裤铺在一团麻绳上当枕头,看上去幸福而舒心。父亲抓住小白的双肩使劲摇晃,但那孩子丝毫没有醒来的意思。在布满灰尘的库房中,小白睡得如此香甜。

遭人遗弃的孩子会不会就这样永远不再醒来了呢?想到这儿,我不禁动了恻隐之心,从后面紧紧抱住父亲。事实上,当父亲看到睡梦中的小白时,似乎也有些于心不忍了。

"釜田扔掉这样一个孩子,简直是个魔鬼!"

父亲的话语兴许并非真心,而只是一种无奈的咒骂。

但父亲毕竟不是恶魔。

小白被捡回来后,连续四天高烧不退。母亲多多少少是期盼这孩子死掉的,但也并没有耽搁给他看病。终于,在第五天,小白退烧了。不知是否有人心怀诅咒,小白虽然好了,却听不见了。

在这孩子高烧不退的时候,我比画着告诉他给他起名叫"小白",他惊喜万分。或许他并不明白我在说什么,只是看明白了已经被这个家庭接纳,确保有了活下去的地方。后来我又问他:"不留恋以前的家人吗?"当然,既听不到又不会表达的小白,只是歪着头嘟着嘴,着急地摇头。

所以,我最初教给小白的就是识字。通过画图、夸张地张大嘴发音,把平假名、片假名[①]一个个仔细地教给他。不仅如此,我还教给他如何拿筷子,如何大小便,怎样收拾院子、田里的杂草。除了没告诉他我在学校受欺负的事。总之,对小白,我倾注了无限的爱。

[①] 日文字母,音节文字的一种,分为平假名和片假名。

正是因为收留了小白，我才开始在学校屡遭欺辱的。

阿稔住在邻村，平素一向不太亲近，所以虽然从田之上老头儿那里听到了"釜田"这个姓，也压根没想过捡的那孩子会是阿稔的弟弟。哪怕是刹那间闪过这个念头，我都会对小白置之不管的，毕竟我还没有迟钝到宁做他人笑柄。但是，我捡回了小白，成为了大家的笑柄。

班上的绝大多数同学都和我一样，很同情阿稔。因为他家里穷，曾经险遭遗弃。或许现在不会了，但仍身处那种危险之中。班上还有一个叫林藏的家伙，平日里总四处宣扬说自己是多亏了嫂嫂死了才免遭遗弃活下来的。他和我一向合不来，所以现在带头欺负起我来。比如，他曾经把太奶奶给我的饭团藏起来，再像施舍似的扔给四处寻找的我。类似事端时有发生。

"捡起来！"

林藏把他的煎鸡蛋扔到我脚下。

"不要！"

"说谎吧？你不是就喜欢捡东西吗？"

"不喜欢！"

"你只喜欢捡别人家的孩子，是吗？"

面对这般挑衅，我头脑一热冲上去就打。这时，林藏他们一伙人就逮住我一直欺负到心满意足为止，非但如此，每每还强词夺理说是因为我动手在先，他们只是正当防卫。对此，我也无可奈何。

此时，班里的其他同学都会站在远处围观，阿稔也一样。

唯一不同的是，当我蜷缩在教室角落里饱受屈辱时，其他同学的脸上都是一副怜悯的笑容，只有阿稔一人对我咬牙切齿，怒目而视。碰到哪天情绪激昂时，还会上来给我几下子。但平时他没有欺负过任何人，老实得很呢。

老师也多次碰到我挨欺负，基本上总是先露出一副尴尬的表情，再好不容易端出老师的架势把我们拉开，而后是对来龙去脉进行一番了解，接着自然就是各打五十大板。所谓的五十大板，也不过是老师在听了林藏他们一伙人说是我先动的手，我说是他们先挑衅的如此等等后，给个口头警告罢了。之所以会这样，跟村子里当时的风气恐怕有不小关系。大家对麻烦事唯恐避之不及，口头警告也不过是为了挡挡老师的面子而已。也就是说，老师实际上并没能制止住他们继续欺负我。

尽管如此，这些老师也比去年从东晓来的国语老师——池田——强得多，至少他们不会让我更加不快。如果是他们恰巧路过，看到我被推下丰收的稻田中，还被起哄嚷嚷着让我赔那些压坏的稻子的话，绝不会像池田那样义愤填膺，更不会对林藏一伙儿说教个不停，这样的胡来举动是绝对不会出现的。

"够了，你们这些家伙！阿健救了一个幼小的生命，你们怎么能这样刁难他呢？"

池田先对林藏他们进行一番警告，紧接着竟然讲起什么生命的重要意义来。诸如，在世界上，有许多生活在战争区域或者贫困地区的人想活却活不下去；有一些被派遣到这样的地方维持治安的士兵丧命；在东晓，失去工作的志愿兵找不到新的工作，每年有几百人自杀；他以前待的学校，有相依为命的母子二人，母亲是个志愿兵，培训时被辞退，再也没有找到工作，竟然扔下"折纸机"就连夜逃跑了，成了流浪者；在东晓有超过五十万的亿万富翁住在七合目①以上的地方，但是无家可归者是他们的十倍，难以置信吧？他们中的很多人因为疾病或者其他什么原因就死掉了，邪恶吧？对于这样一个世界，我们能做的事情非常有限，但我们至少该对身边的人友善些吧。大致就是这样的一番说辞。

到末了，还会把"爱你的邻人"这等世间美事结合着世界形势以及社会问题等，小题大做地再说上一番，而且一定会操着在东晓学会的好听的发音。这些话连我都听腻了，林藏他们一伙儿也肯定不会觉得舒服。不仅如此，池田还硬逼着我和林藏握手言和。

"现在和好吧！"

真恶心！不管是被池田抓过的手腕，还是握过林藏的手的手心，都让我觉得像插进了臭气熏天的肥料堆里一样，一刻都不愿意等地想要立马去消毒。林藏看上去也是很不高兴，撅着嘴，耷拉着眼皮，不悦之情，显而易见。

如果还不能让池田满意的话，林藏就会使劲儿拍拍我的

---

① 在日本表示登山路的概略单位，到山顶按路的险阻程度分为十合目，七合目就是在山的十分之七高度处。

肩说:"好了,过去了!"

收养小白这件事,对我们家造成的影响也日渐明朗了。往年收割稻子时,邻居街坊都会前来帮忙,但是今年一家都没来,不过也多亏了这样,我才得以向学校告假。如果别人认为这是表示我屈服了,我会大为光火的。不过确实是因为收养了小白,现在才不得不向学校请假的,间接来说,也算是这么一回事。

在一个蒙蒙细雨的上午,我们开始了收割稻田的工作,比想象的麻烦多了。光是不断弯下腰用稻草扎稻子这个简单的活儿,就无聊透顶了,再加上腰疼得不得了,稻草还老是划破手指。总而言之,我完全没有感受到奶奶说的那种劳动的喜悦。但这活儿好像很合小白的心意。尽管他的衣服都湿透了,很不舒服,也总是系不好扎稻子的稻草,却始终一声不吭地埋头苦干。那副年少刚毅的模样,着实打动了太奶奶和奶奶的心。而我却一直在为怎样才能逃跑而纠结不止。

"我回去准备午饭吧?"

"不用了,有你妈在呢。什么也不干,光想着怎么偷懒。"

没能得逞的我越发厌倦这种活儿了,趁太奶奶、奶奶没注意,溜到田埂上坐下来休息。但这只是我一相情愿的想法,太奶奶眼神儿好得似乎后背上长了眼睛一样。

"有那么累吗?看看人家小白!"

尽管如此,我还是懒散地不停坐下来休息,奶奶终于忍无可忍了。

"如果不愿意干，去别的地方好了，和我们不一样，你会有邻居帮忙的。"

"要是用仓库里的机器，早就干完了……"

"油这么贵，买得起吗？别废话了，手脚勤快点！"

被奶奶训斥了一番后，没办法只能又开始割稻子了。这时，小白一步一步地挪到我跟前，把手笔直地伸到我面前，向我做了一个"抱歉"的手势。刘海儿很可爱地贴在额头上，小脸儿上的表情却告诉我他的确很害怕会被再次遗弃。此后，我也一直闷头继续干活儿，直到把稻子搭在架子上全都晒干。

两天后，我在学校一出现，班上的同学似乎都露出一副惊讶的表情，林藏一伙儿依然把我当做取笑的对象，阿稔也依旧板着个脸。

怎么也习惯不了这种粗暴的欢迎仪式，就这样终于熬到了放学时间。在麻烦出现前，我必须利落地把所有东西收拾好立刻离开学校。心里这样想着，在门口换鞋。突然，从背后传来一声怯怯的问话声。

"请问，你是莲沼健吗？"

回头一看，是一个戴着一副好像是从母亲那辈传下来的、过时的圆眼镜，左右扎着两个麻花辫的女孩儿。她用手摆弄着右边的辫子，微微歪着头问道。身上穿的校服衬衣的领子松松垮垮的，与之搭配的是齐膝短裙，看上去土里土气的。

我回答说是，她自我介绍了一番，我知道了她叫香里。香里把我拽到学校存放体育器械的仓库后面。

"什么事?"

我挣开被她抓着的手腕,简单地问道。我断定香里身为小白和阿稔的姐姐,把我拽到这里来,无非是想问小白的事情。但我已决定绝口不答。

"听说你请了两天假。"

她操着和池田一样好听的发音。这样的发音和战战兢兢的语调让我更加焦躁不安。

"只是因为收割稻子,没别的事儿。"

"听说你请假没来上学,我有些担心。只是因为收割稻子吗?"

香里好像真的很担心我没来上学这件事似的,又反复问了好几遍,我也捺着性子又重复回答了好几遍。就这样,几分钟后,她看上去心情明朗了。

"原来只是这样呀。"

我猜她早晚会问小白的事情,便转过身去不再理她。令我意外的是,她并没有理会我,而且压根儿连"小白"的名字都没提,我略感失望地离开了。在拐弯儿的地方,我瞥了香里一眼,她笑着对我轻轻点了一下头。

回家的路上,每当想起香里最后的笑脸,我就觉得气不打一处来。那完全是一副面对品行不端的弟弟时才会有的笑脸嘛。她是小白的姐姐,也称得上是我的姐姐了。但是我才不愿意呢。无论如何都不愿意。圆圆的眼镜,左右两个三股麻花辫,怯生生的眼神,矮鼻梁,憔悴消瘦的脸颊,尖尖的下巴,不合身的校服，装腔作势的腔调，所有的一切都不合我的心意。

我甚至想不如强奸她算了。把那校服撕碎，狗急跳墙，强行进入她的身体，那就应该笑不出来了吧。难道香里意识不到她不是我的姐姐，如今也和小白没有任何关系了吗？

愤怒再加上胡思乱想，我根本就无心注意周围的一切了。我跌跌撞撞地走在好几十年没整修过的马路上，到处都是卷了边儿的沥青毡。放学的路上，原本我都会戒备十足的，但今天压根儿就是毫无戒备。

突然，有人在背后一下子抓住了我，然后把我推到了干水渠边上。我的胳膊肘和膝盖都被擦破了。回头一看，又是林藏，看到他手里拿的东西，我已经猜到会发生什么了。

我拼命想逃，但刚才摔倒后就立刻被和弘、牧夫摁住了手脚。无论怎么挣扎也动弹不得。林藏得意地笑着，十分开心地开始用手里拿的剪刀剪我的校服了。我越大声呼救，这个家伙似乎越是高兴。此时当然也有同学经过，但不会有人帮我的，他们只当视而不见。我身上这件衣服又小又紧，却是我最好的一件了。就这样，衣服被剪得四分五裂。我一丝不挂了。

"别让他吃苦头！"

林藏对身旁的阿翼一使眼色，阿翼多少有些不高兴地赶快拿出"折纸机"，把里面一幅淫秽不堪的图像摆在我面前。然后开始用戴着手套的手捋我的阴茎，让它勃起。林藏、和弘、牧夫互相说着"站起来了，站起来了"，大笑不止。阿翼则一言不发地继续手里的活儿。

我一边哭着一边乞求他们不要再这样了,但这让林藏更高兴了。林藏看着时机差不多了,又向阿翼一使眼色,"折纸机"上的图像换成了一个全身都是黑亮的肌肉,满面笑容的男人。

看着这个男人,我射了出来。

阿翼厌恶地摘掉牢牢套在手上的手套,一把扔在我肚子上。摁着我的和弘、牧夫则大叫一声抽身跑开了。

"干什么?"

"太脏了。"

林藏一伙儿大笑起来,拍了拍阿翼,一起扬长离去。

我抹着眼泪,光着身子往家走。虽然害羞得不得了,边跑边使劲弯起身子试图挡住胯间,但根本就是白费力气。而且,这个时候理应也不会理直气壮,路上碰到的人对我白眼相加,冷嘲热讽、皱眉蹙眼,而我也只能默默地忍受着这残酷的事实。

回家后,理也没理看到我什么都没穿时目瞪口呆的太奶奶和奶奶,径自去衣柜里翻衣服。

"你的衣服呢?"

"没了。"

挤出这句话后,我就把自己关进库房,一个人纵情大哭起来。我使劲踹耕种机,把架子上摆的东西随手拿起,狠狠摔在地上,胡乱拿东西出着气。一边大喊着"畜生",一边大哭,使劲折腾了一番。直到把靠墙的架子弄翻,撞在了耕种机上,我才慢慢冷静下来。或许我已经疯了。但不管怎么样,为了免遭父亲训斥，我又开始收拾七零八落的东西，心里还一直盘算着怎样报复林藏他们。杀了他们或者他们自然死亡，都应该是不现实的。就算自己敢去做，最终也只会陷入困境。要问为什么，那是因为现在这群浑蛋已不再只是挑衅，也就是说，不再拿我先动手作为理由了，而是改为主动出击。

吃过晚饭后，心情逐渐平复下来。我突然明白过来林藏说的那句"别让他吃苦头"的真实含义了。那样做不要紧的。那样做和实施暴力是有所不同，但相同的是，都是为了让我屈服。人善被人欺。我得继续挨欺负。仅此而已。但如果我正面出击，势必会因为力量悬殊而溃不成军，只能偷袭了。制造个恐怖事件。管它会怎么样，我就是要彻底毁灭你们这帮浑蛋制定的、只适合你们的游戏规则。去吃屎吧！因为愤怒而发抖，我心里反复想着："杀了他们！"

虽然这样想，但那样恰好的时机是不可能出现的。我依然每天被欺负，每天忍受屈辱。如果说变化，那就是我的衣服了——由校服换成了运动衫。那天一丝不挂回家的遭遇已是人尽皆知了，所以即使穿运动衫上学，老师也不会责备我。这些废物老师终究是没能追究林藏他们什么，让我穿运动衫上学也算是他们给我的一点儿力所能及的安慰吧。但马上就要到最冷的时候了，没有了校服，所以只好早早地在绿色运动衫的外面套上了学校指定的、肥大的藏青色外套了，这副装扮十分扎眼。

一周才有一次的星期天本应是我唯一踏实的日子，现在却屡屡陷入另一种困扰。因为在池田看来这或许是拯救我的最佳时机了，但在我看来，这完全是多此一举。所以一直都拒绝他的帮助，不过最终在他那毫不退缩的使命感面前，我还是屈服了，并且决定去参加一次他说的"集会"。坐上池田的车，行进在沥青脱落的马路上，一路忍受着颠簸。在穿过了几个隧道后，我们来到了一个萧条的小镇上，本次集会便是在这里举办。

池田在入口处自报姓名后，领取了两本类似于指南的小册子，把其中一本递给了我。我站在集会场所的门口翻了翻那小册子，真够无聊的。本次集会题为"为了世界和平和光明未来"，首先由会长宫本佐和致辞，然后就是合唱会歌、播放战争题材的电影、休息时间播放一部以亲人亲情为主题的自制短片电影、导演致辞、有识之士讲演、咏唱会长的诗作，最后是义卖活动。光想想这些名目繁多的节目安排就令人窒息，我现在应该考虑的是借口上厕所马上离开，这还不能让人生疑。

在这个大约有五百个座位的会场里，我选了从左后方数第三个座位，这个座位进出方便。我刚刚过去坐下，池田就赶紧翻开那本小册子的书皮给我看，上面写着歌词和音符，并且向我详细说明了这首歌是如何如何的好。

"一起唱吧？"

池田说完他的大道理后劝道。

别开玩笑了。我摇了摇头。

"是吗？这样啊。不好意思唱吗？"

虽然不是因为害羞，但我也只是耸耸肩掩饰过去了。

听他们唱着什么"在平等世界中回响的宇宙之钟"、"默默挥动锄头的人值得称赞"、"只有亡国之时，我们才会永结同心"，此时，与羞愧相比，我更强烈地感到的是反感。

活动大约进行到十分之七的时候，会场的灯一下子暗了下来。在义正词严的致辞和陈词滥调的全员大合唱结束之时，我就已处于一种浑浑噩噩的状态了。

但出乎意料的是，集会活动很快就结束了。说起我目前所接触到的娱乐，恐怕只有那台成天播放些避重就轻、不疼不痒新闻说辞的电视机了。像今天这样去亲身经历的还是鲜有的。播放的电影全都是让只有画中才有的孩子做主人公，然后主人公要面对虚构出的不幸遭遇，并且用虚构出的坚韧性格去克服一切苦难，然后过于完美的结局也就如期而至了。大都是这样的情节。电影中的每一个细节之处都是为他们的主张而存在的，毫厘不爽。播放完后，有识之士为了慎重起见，又在演讲时进一步补充说明了自制影片的主题，随心所欲地分析别人制作的那个战争题材的电影，还引用了原本是对方的台词。结果，观众们响起了如潮的掌声，他们抑制不住地亢奋，但这让我精神恍惚，就在这种心神不宁的状态中，时间慢慢过去了。

我刚迷迷糊糊地站起身来，池田就领我去了义卖场，还在那里给我买了本会长写的书。我叹了口气。

"怎么了？很无聊吗？"

"没有。"

如果回答"骇人听闻"，说不准他会当成是表扬他们的话，所以就只适当地支吾了一下。走出会场，感到一阵寒意袭来，但阳光十分刺眼。我的整个后背一直到腰都感觉累极了，但精神状态依然不错。

"现在干什么呢？回家吗？"

池田好像觉得阳光太刺眼了似的，眯起眼睛问道。即便现在回去也赶不上晚饭了，但那样可以悠闲地度过整个晚上，还可以好好和小白玩玩儿。不过，我却一点儿也不想直接回家。我很担心这样下去时不时会受其思想毒害。如果丝毫不防备的话，肯定会被洗脑的。我老老实实地告诉池田："可能我现在多多少少被洗脑了。"池田反驳说："即使在村子里待着，不也是一样吗？"

"所以我才带你来参加集会，调节一下情绪。"

我突然间明白了。也就是说，在村里，我捡小白这件事本身就成了一项新的娱乐内容。

对池田，我稍微有点儿刮目相看了。有时候围着我们哼哼乱转的苍蝇也会教给我们点儿什么。那么，充分利用完他身上可以利用的一切之后，再打垮他也不迟呀。我不露声色地向池田说起家里的现状，以博取同情。随后，他在书店又给我买了几本书，然后又陪我看了一场电影。无论是在书店还是在电影院，当池田被问到是否用现金支付时，他都用大得不自然的声音回答说"是",这给我留下极深的印象。

放映的是剧场版的《近海战队——库拉游击队》,副标题打的是《射向海洋污染的子弹》。我缠着非要看,池田最终勉强答应了。其实是因为小白喜欢这部电影。《库拉游击队》虽是民间制作,但就连农村的电视也会每周播放。大致讲的是一群身份可疑的人胡作非为,库拉游击队将其击败的故事情节。小白一直都很想知道库拉游击队是通过什么样的出其不意的作战方式剿灭坏人的。

"你真是怪呀,竟然喜欢看这种小孩子的电影。"

"我想给弟弟做连环画剧①。"

我掩饰道,其实自己也是非常想看的。

无论库拉游击队发动的进攻多么卑劣,制片人却只强调进攻的精湛巧妙之处;无论怪人部队多么出人意料,多么巧妙地破坏掉库拉游击队制定的规则,制片人都会磨灭掉他们精湛巧妙的一面,只谈论他们的卑劣之处。我很喜欢制片人的这种不善意图。这个世界总是由胜者来制定规则的,并以此规则为基础来确保公平性。从这种多少有些强加于人的主张出发的话,无论是突然一本正经地说"胜者为王",还是要批判这样一个世界,都是可以理解的。池田是按照前面一种说法来分析的,所以自然没什么好脸色,不过我也觉得按照前一种说法分析的话,或许也可以调节一下我的情绪呢。

---

① 纸芝居,一种把故事情节等绘成多幅画面装入相框,依次让人观看,同时念对白解说的曲艺形式,别名拉洋片。

电影制作得精彩极了，和电视演的一样，既让孩子们喜欢看，又全篇灌输了一种"胜者为王"的思想。过着幸福生活的人越来越优雅，而被逼到海底、艰难度日的怪人，则在海底火山谨慎生活着，还得承受着污染海洋的罪名，最终他们忍无可忍了。于是开始变本加厉地污染海水，最终被击毙。此时，我刚刚在集会时被净化的心灵，也被库拉游击队给击退了，又恢复了正常。也许，我的心灵指针原本就是向这边倾斜的。

回去的路上，我拼命忍着不让自己笑出声来。我只想快点回去给小白做连环画剧，讲给他听。而且我还想练习一下偷袭的本领。如果到此时还没有机会的话，我觉得自己基本上就是破罐子破摔了，但此刻，我觉得自己或许能够有所改变。看来硬找个机会也不错。池田每次停车时，都会板着脸盯着我看一会儿，好像很不愉快，或许后悔带我出来吧。

当然，报复林藏的事情也仅止于幻想了。但从那天起，在我身上发生的微妙变化，还是给周围的人不小的触动，就连父母看到我突然喜欢读有些难度的书时，也诧异不已。而且每逢休息日，还一定会央求池田带我翻过一座山，去那里的某图书馆。父母甚至担心我是不是被池田洗脑了。

那是不可能的。我正常着呢。尽管这样对父母说了多次，但他们就是不相信。他们说被洗脑的人通常都喜欢这么说。池田也很担心我，但只是时而露出担心的神色，从来不曾说过什么，而且总是有求必应。为防止从图书馆借来的书被偷走或者被乱涂乱画，我总是在家读第一遍，第二遍才会带到学校去读，以用来打发课堂时间和课间休息。所以，最终的结果依然是还不到图书馆。这都是由池田来赔付。他那点有限的工资，还得用来应付社团活动，现在又总得东拼西凑地替我赔付书钱，但他并没有说过什么。

林藏他们欺负我的手段有了质的改变，坦率地说，就是由嘲笑改为了虐待。但无论他们怎么挑衅、揶揄，我都装作视而不见，埋头看书。最后，连林藏他们自己也觉得无趣了。这样一来，他们自己制定的游戏规则也就不攻自破了。但随之而来的超规则行为却比以往都野蛮，已经开始不分青红皂白了。他们的理由就是，我以前在受其挑衅时表现出的态度十分粗暴。

不可原谅的是，这种制裁竟然发生在了课堂上。老师一往黑板上写字，他们就从四面八方过来踹我，有时候甚至让我连人带椅子一起摔倒在地。此时,老师尽管对事情有所察觉，但也只是批评我。"忍着吧。"我想。暂且认为对方是一只只会随处扔大便的大猩猩吧。但这样还是不行。在数学课上，正讲平面图形一章时，林藏硬把从他奶奶那里借来的带针尖的圆规传给坐在我身后的三留，并命令懦弱的三留扎我的脖颈，我彻底爆发了。我回过头去就给了三留一拳，随即又扑向林藏。倘若稍微冷静一下的话，我也知道自己一旦被这群家伙激怒了，他们也就算得逞了，这样做只会让这群家伙更高兴，但当时可没有想这些的工夫。

全班一下子沸腾了，牧夫和阿翼拼命摁住我，和弘在旁边哈哈大笑，林藏则一脸冷笑地看着我。

虽然记不太清了，但总觉得过了好大一会儿，老师才来插手处理这件事。因为如果不按照学校相关规定的程序来处理的话，是不能列入仲裁的。虽然按照那些规定之类的可以解决的事情少之又少，而且老师介入也是不在规定之内的。

仲裁也是毫无用处，我还是被打了一顿。不仅如此，还被勒令停课。但无论是三留，还是林藏、牧夫都没有受到丁点儿处罚。我虽然挨了打，但还得跟着母亲一起去三留、林藏家登门道歉。并且还不得不承受他们的破口大骂。

"真没见过这么混账的！"

"真是无药可救了，无药可救呀！"

在回家的路上，我依然很气愤，但母亲一直都在忍气吞声。或许从决定收养小白的那一刻起，母亲就多少有些思想准备了。只是大概没有想到自家的孩子会受到如此恶劣的对待。所以始终长吁短叹，一直嘟囔着："该怎么办呢？"

太阳已经下山了，西边天空中仅残留着一点儿炭火般的红光。有两个牵着狗散步的中年女人，正站在狭窄的田间小道上闲聊。用绳子牵着的两只小狗在戏耍，黑色的那只一圈圈地追着棕色的那只跑，还用鼻子一个劲儿地拱着棕色狗的屁股。我和母亲经过时，两人突然停止了闲聊，用一种充满了警惕、不快、嘲讽或者其他什么情绪的，总之是一种难以形容的、交织着各种感情的复杂眼神目送我们走过。背后传来了"又惹事了"的说话声。我偷偷回头看了一眼，那只黑色的狗正使劲挣扎着，试图挣脱绳子去靠近棕色的那只，似乎很留恋那个屁股。

此后，很长一段时间，我和母亲一句话都没说，只是埋头走路。此间，母亲在考虑什么，我大体也猜得出来。不外乎是在考虑刚才碰到的那两个连姓名都不知道的中年女人看我们的眼神；我做的事情大概人尽皆知了吧；收割稻田时，大家还都会借口说是太忙不能来帮我们，恐怕不久连这样的理由都不会有了吧等诸如此类的事情。

一直埋头走路的母亲突然抬起头，前面好像有个人影，原来是田之上老头儿颤巍巍地走过来了。这么晚了，老爷子还一个人在外面转悠，他的家人怎么回事，真替他担心。但是老爷子看到我的脸，似乎更加担心。

"脸怎么了？"

"没什么。"

老爷子知道我在逞强硬装，便不再问了。只是笑着拍拍我的肩膀问道："小白现在能干些琐碎的小事儿了吧？"

但最终不知是不是实在撑不住了，我垂头丧气地嘟囔着："做了好事反而受到谴责，如今的世道怎么变成这样了！"

母亲要把田之上老爷子送回家，我就一个人先回去了。小白很担心似的迎了出来，我只说了一句"没什么"，扔下小白一个人在那里发呆了。

这次停课并不是因为有农活儿，所以就整天闷在家里埋头看书。池田虽不至于每天,但也是相当频繁地来我家,并且每每都借口说是参加完集会顺路过来的。他每次都给我带书来,起初买的都是些笔者个人的成功录之类的、毫无价值的书,但后来就开始给我带些学者写的书了,大部分都可以用来打发时间。当然,其中一半的书也是不值一提的学者写出来的玩意儿,自我吹嘘的论调着实令人生厌。有时候,我会对池田说自己的这种看法,但每次都会被他说成是"聪明的傻瓜"。

"你就那么喜欢自作聪明吗?"

我根本就没想要显示自己多么聪明,只是说说感想而已,所以深感遗憾,自作聪明的倒不如说是他那些在集会上慷慨陈词的朋友。现在想起来,自己曾为那些浅薄的大道理感动,还真有些羞愧呢。

如果看书看烦了,也会和小白一起玩儿。经常是小白央求我画些库拉游击队的画,或者一起在院子里玩球,或者摔跤。不过,画画的话,我就会专门撕掉小白中意的那些画;玩球的话,我会使尽全力投向他;如果摔跤,就会借机拖着小白快速转圈,并且使劲挠他的痒痒,每次都把他弄哭。

即使我这样对他,他对我怀着的依然是兄弟之情。但这也只是小白在家时的情形,缺少安全感的他屡屡在外游荡不回。

小白在精神上比我坚强得多,虽然明知自己被村里人嫌弃,但是丝毫没有为此烦恼。他经常和同龄的小朋友一起四处玩耍。当然,他的小伙伴中也没人计较他的出身。挑拨离间的只是那些父母、兄弟,这些人不准自家的小孩儿和小白玩儿,教唆灌输一些坏话。就这样，昨天还是小白的伙伴的小孩子，现在开始瞧不起他了，说他又聋又哑，当然也免不了对他施加暴力。对这些，小白并没有放在心上，只是去更远些的地方，结交新的朋友，我由衷地佩服他这种明朗大度的做派。

但如此刚毅的小白也曾哭着跑回家来过。年幼、精力过剩的孩子自然会经常哭，就算哭，转眼间也就把难过的事情忘得一干二净了。但是那次，小白回来后一直到吃晚饭时，还在抽抽搭搭哭个不停。睡觉前，我反复逼问他，终于知道了个中原因。我被彻底激怒了。

第二天一早，我就起床带上小白去伏击阿翼了。我先让小白藏在了墙根下。当看见阿翼骑着自行车过来时，我从墨绿色有机原料板屋顶的房子冲了出来，横扫一腿，踢翻了自行车。虽然阿翼的胳膊肘和膝盖都擦破了，但我依然一手揪着他的头发，使劲把他的脸往地上撞，另外一只手则拼命揍他。阿翼把手挡在面前，号啕大哭，但我并没有感到精神亢奋。总之，我是气疯了。过了一会儿，我打累了，便停了手，一把夺过他的书包。

"怎么办呢？不会用呀。"

此时，我还不知道"折纸机"只服从主人的生命体反应。所以玩儿命地转它，最后竟然大动肝火，把一点反应都没有的"折纸机"一把摔在了地上。"折纸机"只是受了一点小伤，显然不会影响到里面存储的资料，这让我越发生气了。我拿起"折纸机"当做武器，把阿翼的脸打得面目全非。如果"折纸机"里那些令我屈辱的资料让小白悲伤哭泣的话，那我不但要毁掉它们，更重要的是要让小白知道我是多么勇敢。心里一边这样想着，一边继续使劲打阿翼。

阿翼一动也不动了。"是不是做得有点过头了？"看了看小白，不出所料，那孩子害怕极了。我冲他笑笑，摆摆手让他放心，亲切的笑容又回到我的脸上。

最终这件事还是让学校知道了。多亏母亲那些痛彻心扉的眼泪，我们一家才免于被逐出村子，但停课的时间延长了。寒假之前，我再也没有去过学校。所以阿翼"折纸机"里保存的那些关于我的图像最终怎么样了，我也就不得而知了。但不管怎么样，他出院后好像再也没有显摆着让谁看过。年末也好，新年那天也好，我们家和以往一样，门庭冷落。家里的气氛也一样，因为平日里总是让人不得安宁的父亲出外打工去了，本应喜气洋洋的新年安静得像守灵一般。其实在新年到来前的相当一段日子，我们一家已生活得如同罪犯一般。比如在正月十一这天，家家户户去田里拿起锄头锄锄地，以祈求来年丰收，我们家得特意比别人早起，躲开众人偷偷地去。

家人都没有说我什么，或许是因为迫在眉睫的家庭状况吧。在春天到来之前，必须要修复和村里人的关系才行。时间很紧迫了。母亲、太奶奶和奶奶总会不请自到地参加各种庆典活动，主动揽下别人不愿意干的各种杂活儿。但是，好像并没有取得理想的效果，经常悻悻而归。因为我总是惹乱子，所以无论是上学也好，不上学也好，都没被要求去参加过任何庆典活动。

停课结束了。学校到处散布着阿翼的话:"要是打到要害部位就死了。"也多亏如此,我的日子变得相当舒服。毕竟谁都不想死。和弘、牧夫也都还不至于愿意冒着生命危险来欺负我。不同于别人的只剩阿稔和林藏了。

阿稔还和以前一样,心血来潮时就打我一顿,其他时候则永远是一副愁眉苦脸的样子,永远无视我的存在。我甚至觉得他对我比停课前还要凶。不过,他总是那副不高兴的样子,或许只是我的错觉吧。

另外,我赢得了公民权,林藏毫不掩饰他的不满情绪。他迁怒于所有人,特别是那些对我露出谄媚笑容的人,他绝不放过。向我示好的人一旦被林藏发现,虽不至于被打得落花流水,但也总得挨上几下,还会被勒索去身上所有的钱,直至一文不剩。那就请大家想想迄今为止我所遭受的这一切吧!如果这样可以让你们忘掉痛苦的话,也没有什么不可以的。别客气!

发下前途志愿表后,渐渐就没有人欺负我了。我从来没有想到一张纸会片刻间改变在此之前的气氛。所以领到志愿表时,教室里的奇妙气氛让我忍俊不禁,拼命忍着才没笑出声来。是继续上学,找工作,还是继承家业呢?一年后的现实让同学们脸上愁云密布。继续上学或者工作,大家倒还觉得从容,也可以和周围的人互相分担一下忧愁,但那些被土地束缚的人连这样的机会都没有,只是呆呆地盯着志愿表的空栏处。

大家开始热烈地讨论这个问题时，已经是放学后了。

"在这样的穷乡僻壤当个老百姓，能挣几个钱呀。"

"是呀，还愚昧无知。"

"考虑考虑吧，好好想想也好。"

放学途中，我无意中听到走在前面的三个人的谈话。三个人继续发着牢骚："那个和山外边的一流商社、饭店有合作关系的大农场，以后不会连我们的土地也想要吧？"突然间又羡慕起来，说来说去最终说道："当个伐木工人或者建筑工人的话，能挣多少钱呀？"意欲逃离农田的家伙们要去打短工吗？你们根本就不行，什么都不懂的家伙。虽然我也压根儿不知道工作的辛苦，但听到他们的谈话后，却十分鄙视他们。

鄙视归鄙视，关键是自己也不知道将来怎么办。请权当我是无奈吧。我们家里的人没有丁点儿对未来的真知灼见。三个人所说的一切只不过是人家家的事儿。和明年相比，眼前更要紧的是先过了今年春天。受挚爱劳动的太奶奶、奶奶的年迈之躯的鞭策，家人齐心，其利断金。现在的问题是水。或许今年不种水田，只种耕地才是明智之举吧。但无论农作物长得多好，到目前为止都无路可销呀。我们被农协拒之门外，从去年开始就怀着一种近乎于受贿的愧疚之情，挨家挨户地兜售了，最后拿到一点施舍般、少得可怜的钱。今年应该会更糟糕。这样下去的话，我们就不得不放弃好不容易收养下来的小白了。但这是绝不可能的。我也曾想过退学去打短工，但就连我也没信心认为那样就可以妥善安排好家人。

可以作出的选择十分有限。最简单的就是什么都不想，从早到晚什么都不干，静静地等待着日子维持不下去的那天。我选择了这种方式。我天真地认为，到紧要关头大人总会有办法的。

但是，我很快就明白了大人有时候也是指靠不上的。因为我们无论如何也等不来外出打工的父亲本应寄来的生活费。好像还无论如何都联系不上了。听说大城市经济十分发达，应该不会找不到工作。难道是出了意外？还是又在城市里找了别的女人，或者沉溺于赌博或毒品了呢？总之有无限的可能，到底是什么理由，就不必多余去想了。迫在眉睫的是，靠所剩无几的几个钱和食物，我们该怎么活过春天呢？

母亲没有急着出去工作。当然附近也不会有工作的地方，即使有，也不会雇母亲的。所以至少得去个远离我们住处的地方，如果可能，最好是离开村子出去工作。这样的话，车又成了必需品了，但我们早就卖了。进退维谷。二月刚过了第一个星期就捉襟见肘，日子过成这样，真是全托小白的福呀。但母亲、太奶奶和奶奶还是和以前一样，毫不消沉，因为全家人正是因为爱着小白，愿意守护小白，才团结在一起的。

母亲开始不择手段了。她对前来送书的池田眉目传情，留池田吃晚饭。在玄关那里靠在池田背上撒娇，央求他周末带自己去参加集会。不久，母亲就开始越来越频繁地夜不归宿了。母亲不在的夜晚，小白感到无限孤寂。但换回来的是母亲实实在在得到的工作和钱。母亲在藻类加工厂，负责对传送带上的藻类进行分类。夜晚则与池田共度。大家还都在睡梦中时，就由池田直接送去工厂。母亲经常在小白睡熟后，回家稍作停留，换换衣服，简单打扫打扫卫生，然后就避人耳目地再赶往池田家。母亲过的就是这种身心俱疲的生活。

对母亲来说，这也许是如同地狱般的生活。但在我看来，这总比池田装模作样、煞有介事地前来混饭好得多。我实在看不下去母亲嗲声嗲气地对池田说话，还频送秋波、忸怩调情的样子。我们的主食就是红薯，唯一的菜肴就是用酱油煮的萝卜。可面对这样的粗茶淡饭，池田还厚颜无耻、毫不客气地入伙，着实让我不快。虽说如此，现在的饭桌也不清净。母亲和池田不在的时候，奶奶就会在饭桌上大骂："多亏了从不干农活儿的三井媳妇呀，那白白的皮肤、漂亮的手指终于派上用场了。"每当此时，太奶奶都会反驳："不该说这样的话呀。"争论就此开始，再混杂上电视的声音，吵闹声响彻整个屋子。每天都重复着这些令人窒息的争吵。所以，说到底，也只不过是不堪入目和不堪入耳的区别了。

这种无人管束的荒唐日子也影响到了我的校园生活。在此之前，我在学校里一直形同虚设，但现在大家却是渐渐疏远我了。我在走廊里走来走去，并非是瞪着眼寻找发泄不满的对象，只是因为在心里积压了很多无处释放的焦躁情绪。但大家都像躲避飞溅起来的水花一样，急忙为我让路，所受的待遇竟然和林藏一样了。对此，我深感意外。心情再怎么不好，还不至于变成一个碰碰肩膀就会冲上去打人的社会异类。非但不会这样，我还比任何人都懂得平安度日的方法。基本的一点就是——小心谨慎。想要比较舒心地度过学生生涯的话，就应该在大家能接受的程度内折腾。一定要完全在大家可以接受的程度内，这点很重要。即使犯点儿错，也绝不可以模仿我干些拾小孩儿之类的事情。我已经很清楚这一点了。已经为此吃尽了苦头，再也不敢干同样的事儿了。但不知为什么，却突然特别想引起大家的关注。

放学途中，香里冷不防地从后面跑过来，亲昵地与我并肩而行，我控制住自己想要出拳把她打翻在地的冲动。也就是说，我可以轻而易举地把她打倒在地，而且这样也会让我心情愉快，但我控制住没做。我良心发现了。但香里偏偏利用了这一点，直言不讳地搭起话来："好久不见了。你比上次见面时可精神了不少呀。"几个月前和现在相比，哪个时候精神状态更健全些，就连我自己也搞不清楚。听了香里的话，我叹了口气，这句话触怒了我。对于她的挖苦，我不耐烦地咂了咂舌头，看她那沾沾自喜的样子，我不由得皱起了眉头。但香里似乎一点儿都没有察觉到。

"我回家并不是往这边走的。"

确实，方向正好相反。我正纳闷儿，她友好地冲我笑了笑。

有段时间没见香里了，今天她没戴那副圆眼镜，头发随意地披在肩上，不合身的校服也藏在了大衣里面，好像换了个人似的。我至今还记得她在体育用具仓库后面时那副战战兢兢的样子。但眼前的这个香里，黑发光泽十足，在阳光下泛出恰到好处的茶色，一副清秀雅致的模样。老实说，她是个美人，笑容也是我喜欢的那种。

"还请像上次那样问我'什么事'吧。"

香里只是外表让我中意，她的出现实际上还是让我十分不快。现在还不如上次那副战战兢兢的样子更让人有好感呢。现在这样子真差劲儿。谄媚的笑容让我联想到投入池田怀抱的母亲。

"那个……"

"什么？"

我一瞪眼，香里的假面具立马就消失了，恢复了原来的样子。我心里突然涌上某种说不清楚的感情，顺着脊梁往上跑。但我还是强作镇静，等着香里开口。

"次夫，不，小白，现在怎么样了？"

"不知道。"

"那……"

"烦人！"

我一点儿都不想让香里见到小白。遗弃小白的是他的父母，他的兄弟姐妹是没有错的。但这种道理在我这儿根本行不通。怎么能让香里有罪恶感呢？只要让她一生都难以释怀这种复杂的情感就行了。我加快了脚步，暗示她最好到此为止。但香里在后面一直说着"求你了！求你了！……"并穷追不舍。

"我想拜托你带我去捡小白的地方！"

"你自己去！"

"不是的。我想知道当时小白待的确切位置。"

我装作听不见,继续往前走。可香里就像是被印在身上的雏鸟一样,紧紧跟在后面。我真想给她一拳,这是让她清醒的最好方式。我犹豫不决,有好几次差一点儿就挥拳而上了。但又转念一想,要是现在回家的话,肯定又会像平时一样,不得不听着太奶奶和奶奶的不休争吵声以及那台电视机的嘈杂声。如果带香里去场院,就可以脱身了,这也不错,于是我最终决定带香里去场院。

香里注意到我的脚步慢了下来,又再次亲昵地跑上来和我并肩而行。我觉得这个时候沉默不语不太合适,于是就试探着问起一直挂在心头的一件事来。

"你为什么这样说话?"

"这样显得聪明些,仅此而已。"

我又一再追问是什么意思,可香里始终顾左右而言他,不过,在到达场院之前,我还是逐渐明白了内情。香里当时是这样说的:"因为可以卖个高价。"

原来,她们家已经决定等香里一毕业,就通过非法中介把她卖到小饭馆当陪酒女,那时乡音就会成为具有香里这种姿色的人的障碍,所以被提醒要改掉乡音。香里笑着说:"其实有乡音也没什么关系的,客人的层次摆着呢。"

和香里的悲情告白正相反,我满脑子都是色情的东西,因为正处于成年前的思春期,所以满脑子都在想香里是否已经初次接客了。不客气地说,我真是无聊透顶。但不管怎样,这种无聊的想法占了主导位置，令人不齿。

上坡的铺路工程又停了，稍微走走就能看到那个场院，和当时见到小白时已经截然不同了，光秃秃的。场院里已经有人先到了。北风肆虐，阿稔背对着我们定定地站在那里。是香里先注意到阿稔的，她大声喊起阿稔的名字。我突然有种不祥的预感，但已来不及阻止什么了。阿稔转过身看到并肩而来的我们，会怎么想。在我们来说的确是没什么事的，但从对方的角度来看，我和香里的关系似乎是不言而喻的吧。

阿稔看清香里旁边的人是我时，气得脸涨得通红，向我冲了过来。我根本就来不及向力大无比的阿稔作任何解释，只能夹着尾巴快点逃跑。回头的瞬间，收入眼底的村落笼罩着浅棕色，还有些灰蒙蒙的。这种色彩更烘托了烟雨迷蒙的阴郁天气，只有刚刚被涂成黄色的电力输送基地漫不经心地从山脊处飘浮在空中。

被阿稔抓住脖领时，我感觉眼前的一切都上下摇晃。我被狠狠地摔倒在地上。为了不被阿稔骑在身下，我仰面向上拼命蹬他，但这丝毫没有影响到他扑向我。我使劲踹了一脚也白搭，阿稔使出全力给了我一拳，然后我们打作一团。我又挨了好几拳。我抱住阿稔奋力挣扎，试图翻到他上面去。香里一边喊着"住手"，一边使劲拽阿稔，但根本没用。她好像被这突如其来的厮打吓傻了，仅仅因为拽阿稔的手被推开，就呆若木鸡了。

"喂，快说！"

我好不容易张开嘴，却只能蹦出这几个字。但香里完全领会不了我的意思。她全然不知自己的弟弟为什么打我，只知道在一旁哽咽着大喊："别打了。"

香里为什么不说明白我们一起来场院的原因，申明这一切与我无关呢。真是气死我了。我顾不上躲拳头了，只是大吼："快说！"但这只是让她越发惊慌失措。她的这副样子让我怒不可遏，干脆打消了求助的念头，开始不停地骂她。死对头！拜眼前这个女人所赐，我现在遭阿稔痛打，不仅如此，还弄得满嘴是土、小石子擦破了全身；母亲也沦为池田的情人，生活悲惨。总之，都是因为她。破罐子破摔吧，我完全放弃了抵抗，自顾自地号啕大哭起来。我突然间哭得像个孩子一样，阿稔似乎有点犹豫了，虽然下手不那么狠了，但还是又给了我几下。

阿稔站了起来，我依然躺在地上大哭不止，并且用所有能想出来的脏话骂香里。香里也渐渐明白了我们打架的原因，她笑着骂了阿稔，又向我道歉，那种劝慰式的道歉终究不能让我心情释然。但也觉得这样哭不太好意思，也就慢慢自己消气儿了。我站起身来，用脏脏的手擦了擦眼泪，又拍了拍沾在衣服上、头发上的土。

"就是在那里捡到的小白。"

我指着当时捡小白的地方说道。就这样老老实实告诉了她，虽然觉得自己这顿打挨得冤枉，但还是决定告诉她了。

"是吗？谢谢！"

香里好像品味什么似的，缓缓地向我道谢。而后又慢慢地向那个地方走去，阿稔也紧随其后。

香里问起了捡小白时的情形。我一一如实相告，轻描淡写地说了说当时小白蹲在高高的茱草后面，那时嗓子已哭坏了，背他回家时，感觉他的体重轻得甚至让人怀疑只剩躯壳，此后就一直由我们家抚养等。

"小白怎么想我们的？"

"你知道吗？"

即使知道我也不打算说。香里只要听到小白对他们心怀怨恨，就会心情释然吧，我可没必要对他们那么好。如果再多说点儿什么，或许可以和眼前这对姐弟的关系增进一步，但我并不希望那样。他们遗弃了小白，我收养了小白。我们的关系仅此而已。

终于得以脱身了。我打算丢下这对沉浸在伤感之中的姐弟独自回家。但鬼使神差，当我看到阿稔的背影时，竟突然涌上一股难以抑制的冲动，不自觉地用右手握紧一块巴掌大的石头，悄悄靠近阿稔，举手向他的头顶砸去。感觉砸中了，同时阿稔也轰然倒地，像被砍倒的大树一样伏面倒地。

我大笑着向山下走去，脑海中一直浮现着香里回头看到那一幕时，那张苍白的脸。晚饭时，食物含在嘴里却无论如何也咽不下去，一想起来我就傻笑。等头脑清醒过来时已经是躺在被窝里的时候了。就是现如今想起当时的情景，还会忍不住想笑呢。如果不给阿稔致命的一击，他日后一定会报复我的；如果阿稔就那样死了的话，也必须得由那位证人来善后了。老实说，拿石头砸过去的时候，也想过或许会遭到阿稔的反击。管他呢，听天由命吧！但对于其他可能出现的麻烦，则一概没有想过。比如说，被警察抓起来呀，全家被逐出村子呀；即便没被逐出村子，房子也会被放火之类的。

所以，第二天阿稔请假没来上学时，我一整天都心神不宁的。阿稔休息了一天之后就来学校了。看到他时，我首先觉得悬着的心放下了，还没有考虑恐惧。不过，接踵而至的就是恐惧了。

阿稔一走进教室，整个气氛都紧张起来了。出现在大家面前的阿稔头裹绷带，大家的注意力一下子全集中在了他身上。阿稔还是一如既往地绷着个脸，大步流星地向我走来。我吓得连站起来的力气都没有了。

但阿稔目不斜视地从我身边走过，老老实实地坐到自己的座位上，把书包放在课桌上，用不太灵活的手打开了书包。他的双手肿得像戴了手套一样，颜色跟苹果一样红。

不光是我一个人注意到了阿稔那双像充了气儿似的肿胀的手。教室里乱哄哄的，如波浪般迅速散开，但谁都没有靠近阿稔。就连平时如果看到这种情形，就会幸灾乐祸地上前问东问西的林藏也没有。仅仅是阿稔把课本收进课桌里这一平常的动作，都会让整个教室为之一震。原本虽不是什么可亲的家伙，但也不应该这样呀。仅仅一天没来学校，就像换了个人似的。为了免遭欺负而虚张声势的我和为了寻找戏弄的对象而四处乱晃的林藏，也许开始让大家觉得一样的难以靠近了吧，但我们两个人内心隐藏的温度却是不同的，如同原子弹和炉子一样。

事情到底会如何，下课后就一清二楚了。

"出来一下！"

被阿稔突然一喊，我感到惊慌失措。但迫于压力，也只能服从了。我一直提心吊胆，但阿稔并没有带我去什么没人的地方，只是把我挤在了楼梯平台的一个角落里。尽管如此，我还是胆战心惊。

"干什么？"

我使出全力大声问道。可令人遗憾的是，发出的声音明显充满了恐惧。不过阿稔倒是既没有可怜我也没有嘲笑我，只是恫吓我说："把香里说过的话全部忘掉！"

"我不明白你在说什么。"

"好，全忘掉！"

被阿稔一再恫吓要全忘掉，我却突然全都想起来了。是香里被卖去当陪酒女的事，肯定是。但我并没有认为这是多么耻辱的事情。我不知道他们的父母是干什么的，但如果生活艰辛，让女儿去工作也是情理之中的事情呀。尽管不是通过什么正当渠道，是通过人贩子，但也和表面是自己在工作，实际上却依附着池田的自家母亲有着天壤之别呢。

"无聊！"

扔下这么两个字，我一把推开阿稔挡着我的胳膊，离开了那个墙角。我心里确实是这么想的。作为减少白白吃饭的人口的方法，卖孩子肯定好过遗弃孩子。但是，他们为什么不为遗弃小白而羞耻呢？离开平台后，阿稔一直对着我的背影大喊着什么，但我一点儿也没听进去。如果想来打我就尽管打吧！无论是现在，还是你的手痊愈后，无所谓！

我惊愕于阿稔爱自己姐姐的程度，他在平台时的样子还时隐时现。回到教室后，我收拾东西准备回家。内心依然十分震惊。仅仅是因为我知道了香里那不算光彩的工作地点，阿稔就如此地惊慌失措，那要是我侵犯了他的姐姐，并且被他知道了，那该会何等的气恼呀。只是因为误会，我就被劈头盖脸地打了一顿。我赶紧不再去想了，暗下决心绝不可以犯错误。

所以当阿稔走进教室时，我的脑中突然掠过了一个不可思议的想法："阿稔该不会看透我的心思了吧？"于是吓得如同冻僵了一般，一动不动地看着他。如果可能的话，阿稔是不愿意看见我的，可他现在却追着我不放。除了差点儿要了他的命这件事，我们之间应该没有其他过节。"难道是要杀了我？"想到这儿，我都快哭出来了。谁知阿稔只是如同自言自语似的，低声嘟囔了一句："那个家伙来过了。"

我全然不懂他在说什么。我们之间完全没有能够达到心有灵犀的任何共识。如果问为什么，那就是因为他不承认小白的存在。

"来鉴定一下香里值几个钱。"

阿稔苦闷地吐露着不满。

"人贩子吗？"

"是个眼角上挑，像个狐狸似的男人。"

"干吗告诉我？"

我不知道阿稔为什么告诉我这些。香里会怎么样，也不是我该知道的呀。不是刚才还警告我要全部忘掉的吗？

"也许去不了的。不谙世事的少女销路未必好。"

"你指什么？你在说什么？"

"我没说什么。"

阿稔的怒喝声回荡在教室中，余音环绕，隐约还可以听到窗外传来的吹吹打打的声音，特别刺耳。

阿稔究竟想跟我说什么，我没一点儿头绪。是为了卖出香里，在教唆我什么吗？肯定不是。我突然冒出一股无明之火，甚至想不分缘由地拿人出气，于是丢下一句："请原谅！"径自走出了教室。这是发自肺腑的话。我不会再被香里或者阿稔愚弄了。

不管我是怎么想的，香里不久就被以学习行为礼仪的名义送到了村子里有头有脸的人的府上去了，就这样被卖掉了。因为遗弃了小白，卖掉了香里，阿稔得以继承了土地。就这样，他守护着那值不了几个钱的土地，我守护着小白。

在教学楼门到校门之间的空地是教职工停车场。在那里，林藏、牧夫、和弘三个人正围成三角形，相互扔着"折纸机"玩儿。阿翼则在他们中间一边恳求着"还给我，还给我。"一边忙乱地跑来蹦去。那副可怜相让人都觉得看不下去。林藏瞥了一眼从教学楼中出来的我，而后又继续肆无忌惮地捉弄阿翼。

我走到他们中间，一把打落了飞在头顶上的"折纸机"。阿翼立马像受到小恩小惠的乞丐一样，弯着腰小步跑过来，捡起"折纸机"。林藏当然很不高兴，他逼近我说："别影响我们玩儿！"但是看到牧夫、和弘犹犹豫豫，却步不前，也就作罢了，只是很扫兴地推了我一把。

"走！"

三个人跟在林藏后面准备离开，我喊住了阿翼。

"稍等一下，好吗？"

四个人转过身来，阿翼不安地别过脸，又立刻向林藏投去求助的目光。林藏挡在阿翼前面。

"你还想那么打他吗？"

"我不会再做那样的事了。"

"笨蛋，谁信！走，阿翼！"

林藏抬抬下巴示意他们赶快走，四个人磨磨蹭蹭地向校门口走去。走在最后面的阿翼频频回头看我。

"愿意的话，就过来一下！"

我含糊不清地喊了一句，一点也没抱什么希望，但阿翼突然站住，反复比较着我的脸和林藏的背影，最后慢吞吞、结结巴巴地，像是从嘴里挤出来似的说了句"讨厌！"

说完后还是朝林藏他们跑去。怎么会这样呢？和林藏他们一伙儿并不能得到任何好处呀。阿翼的懦弱令我愕然。

"我不是说不打你了嘛，别害怕，过来吧！"

我对着已走得相当远的阿翼的背影大喊道。但他这次连头都没回。

阿翼最终还是在长跑运动会时被我逮着了。所谓的长跑运动会，就是把学生从学校放出来，穿着体操服在冷得要命的时候满村跑，供大家观赏。如果跑得太快，大家会嘲笑说："不必为这种无聊的活动如此卖命吧。"如果慢吞吞的，则又会在众人面前一个劲儿地被老师催促，十分惹眼。而且大家还会为倒数三名的英雄们热烈鼓掌，我决不允许别人轻视我。总之这是一个不断被催促着"不想跑倒数三名吧"的低俗运动项目，是供人观赏的即使做不到也得拼命挣扎的令人感动的群生相。

随着"砰"一声冰冷的枪响，包括我在内的"家禽团体"一拥而出，大家的脚"啪嗒、啪嗒"地拍打着地面，脚心震得麻酥酥的。干燥的空气黏在喉咙上，连肺都像要被吹干了似的，呼吸困难，大腿根儿都发颤，不久连肋骨也疼了起来。我决定在心脏爆炸前不再跑了。周围的同学瞥了瞥我，都相继超过了我。"各位真是辛苦呀！"我想。

其中就有阿翼。从起跑到现在，已经过了相当的时间了，大家彼此间拉开了相当的距离。我赶忙追上前去，抓住阿翼，强迫他停下来。一旦他停下来，就是我的囊中之物了。其实我也并非还有什么力气阻止昂首挺胸、拼命挪动双脚的阿翼。阿翼气喘吁吁，憎恶地看着我，推开我抓着他肩膀的手，却自己停了下来。

"'折纸机'上的图像，删掉了吗？"

阿翼点点头，一声不吭地从口袋里拿出"折纸机"，打开其中的资料让我看。我看了看，全是村里的一些不得要领的景色，别说我，连人物照都没有一张。但我仍半信半疑。说不定没有保存在这里呢。虽然不太懂，但我想也有可能保存在信息库中了，或许已经散布出去了。

"我说过没有了。"

阿翼不连贯地说道。为了避免让跟在最后面的老师发现，我拉着快要倒下的阿翼，跑到了在我出生前曾是村公所的那个废墟后面。"你怎么那么肯定？"阿翼解释说若在浅滩或者陆地地区持有那样的资料，就会被逮捕；在深海地区连检索权都没有。但可以通过不法检索偷偷得到。

"这么一个玩具能干什么？"

对我来说，这是个新玩意儿，可以这么说。阿翼把折叠成巴掌大小的"折纸机"熟练地展开五次，最后竟薄得如同一张纸一样，大得可以挡住阿翼的上半身。据说以这种大小，别说深海区域了，就是陆地也存储不了什么。听到这些，我心里的石头终于落地了。

阿翼又把"折纸机"像折纸飞机一样折起来，轻轻地让它飞向空中。飞机从废墟中的阴暗角落"嗖"的一下飞了出去，在冬日的天空中慢慢起舞、盘旋。阿翼指挥着飞机向我飞来，他嘻嘻地笑着。一挥动高高举起的手臂，飞机就会按照指示活动，我不禁欢呼起来。

"这太了不起了！"

阿翼指向电力输送基地，飞机"嗖"的一下就向那边飞去了，一旦向反方向挥动手臂，就马上返回了。好长一会儿，我都看傻了。如此这般在空中机械旋转的样子简直是太美了，胜过一切。特别是当其他人正在受苦受难时，我能悠闲地仰望这一美景，真是令人神清气爽。渐渐地我也按捺不住了，很想自己亲手试试。

阿翼用充满优越感的口吻对我说："不行呀！它只听主人的话。""别恶心了！非得让我动手打人吗？"

"不要！"

阿翼唤回"折纸机"，又折回原来的样子。我突然想问问有几种折叠方法，但最终也没开口问。

我们俩决定在长跑运动会结束之前，就靠着废墟墙坐在那儿打发时间。就这样只有我们两个人说话，还是头一次。

"你想当个学者吗？"

阿翼明明知道以我家的经济状况，是不可能当上学者的，却偏偏这样问，要挑衅吗？总觉得不像。他记得我读过的所有书籍，只是饶有兴味地想知道是否和他有相同的动机。也就是说，阿翼读过和我一样的书，他想当个学者。

对于这一点，我赞同阿翼的观点。仅凭高高在上的责任感、成就感，企业经营者就能随心所欲地操纵市场的事情是否真的存在，难以想象。农村不具备被市场之类纳入其中的能力，仅因卫生原因就被高山阻挡停滞在空中了。阿翼扬言要做学者，寻找解决这一问题的方法，但我不能苟同。我从不相信有那种如梦境般完美的地方。他只是喜欢说胡话而已，无论是经营学还是经济学，想从这些方面得到些什么，无异于库拉游击队的幻想曲。如果来到树下，爬上去，摘下苹果，再从树上下来，回家，这一过程所消耗的劳动力能变成苹果的价值的话，那我们家多少也会宽裕些了。与费时费力的有虫眼的苹果相比，还是那些业余时间培育出的有害健康的苹果更能卖个高价，这就是现实。即便同样是有虫眼儿的苹果，如果那苹果树种在这山外的话，价值也会成倍地增长。这是再明白不过的事情了。当阿翼看到在家里努力工作，仅凭动动一个手指就能决定下来电力交易所呀、CATV电缆呀的父母时，会想些什么呢？振奋不已吗？

"要改变村子的状况，不当学者，当政治家也不错。"

"傻瓜！我们会成为那样的人吗？"

"我不懂什么CATV呀，市场呀，我只想挣到钱。"

"CATV呀？现在在叶绿体加工厂就卖着呢。但挣不到多少钱。"

即使是听到村里最有钱的人说这样的话，我依然觉得是挖苦。但是面对就连今天的饭都没有着落的我，阿翼无论如何都没有心怀恶意。但岂有此理的是，对于母亲辛辛苦苦劳作的工厂，他竟然开始笑着说："因为思想过于单纯的工会很有势力，所以无论如何都干不下去了。因为缓慢的劳动浪费电力，公司本部都难以维持下去了，所以就买了我们的CATV电缆。"

对阿翼来说，那工厂只不过是个客户，但对我来说，母亲的工作就是生命线。把这件事当成笑话一样的说，我并没有生气，和愤怒相比，我更多的是悲哀。可悲可叹的是，就在这个时候，我还依然被陈旧的观念牢牢束缚，一点也没有想过要改变这种因贫困而不得不卑躬屈膝的生活状态。

阿翼误认为我默不做声就是在专心听他讲话，因此越发得意忘形起来，开始大骂工厂。我再也忍受不了了，"噌"的一下起身离开了。阿翼一边问我还回不回来，一边从后面追了上来。

在废墟的拐角处，突然撞见了林藏。因为太突然，我先是愣住了。随即立刻反应过来，一把抱住林藏的腰把他摔倒在地。这里连个人影都没有，要报仇的话，没有比此时更合适的了。我紧紧抱住林藏，骑在他身上，用头向林藏的鼻子撞去。血一下子喷了出来，弄得他满脸都是。

痛快！林藏疼得脸都抽搐了，胆怯地看着我。当然，我可没打算就这么撞他一下就放过他。我把手放在他的脖子上，咬紧牙关，使劲掐他的脖子，一使劲，他就"啊，啊"地喘不上气儿来了。阿翼拖着个哭腔大叫："快住手呀！会死人的！"

杀人，麻烦太多。仅阿稔那件事，就让我好好地反思过一番。我松开手，一边琢磨着接下来怎么办才好，一边把手掌狠狠地压在林藏那折了的鼻子上。

"疼！疼！"

林藏拼命哭喊着。那还用说。林藏越哭，我越装糊涂。

突然，我想到了眼睛。为了达到以儆效尤的目的，我必须给他留下点儿伤疤。小白的耳朵听不见了，那这个家伙的眼睛看不见了的话，岂不是再合适不过了？就算让他只一只眼睛失明，生活起来也会有诸多不便吧。

我试图把手指插进林藏的右眼，他拼命推着我的手，紧闭双眼反抗。其实只要连续击打他的眼皮，或许一样可以达到目的。但我完全打消了这个念头，固执地决定非得弄开他的眼睛不可。结果，这个错误的决定救了林藏。

我也不知道在我们这样僵持了多久的时候，突然被池田从林藏身上拉了起来。是阿翼喊来的。我双手被反剪身后，顺势摔在了地上。池田看上去像个魔鬼一样瞪着我。因为他是母亲的情夫。

我掸掸身上的土站了起来，对池田怒目而视。一向喜欢摆大道理的池田此时完全失去了理智，瞪得大大的眼睛在我的鼻子、嘴、眼眉之间不规则地转动。和我的眼神撞到一起时，气得连眼睛的颜色都要变了似的。我能感受到逐渐涌上池田心头的暴力冲动。

束缚池田的最后一道人格防线崩溃了，他冲上来给了我重重的一拳。力量在阿稔之上。我从来没有遭受过如此的切肤之痛，竟然当场倒下，不省人事了。我模模糊糊地看到池田后悔不已的样子，他渐渐恢复了理智。当我清醒过来时，池田慢慢开口说道："打架可以，但如果试图给对方留下不可愈合的伤口，就连军人都不如了。"

又是那些在国家观念崩溃时出现的战争区域的国民生命

价值论。我没有反省之意，反而感到了强烈的厌恶，厌恶得令我战栗。池田这不是在说教，而是卡在他喉咙里的一口痰，不得不吐的痰。只不过是在吐出来前，我恰巧出现了。

林藏没有向学校告发我打他的事情，池田也不予追究，所以这次没有被停课。仅仅作为擅自逃离长跑运动会的惩罚，要在学校早会时，站在早会讲台上大声致歉，并且还要在放学后负责一周的学校扫除。阿翼负责打扫教学楼门口和自行车存放处，我则负责打扫厕所。这种区别对待，与在村子里所受的待遇相比，足以让我心满意足了。但学校的全体师生早会真是让我头疼。终究是无论做什么，如果没有坚决执行"牧羊犬"的命令的话，就一定会在众人面前接受惩罚，受人耻笑，以便警示他人。

阿翼站在讲台上大声喊出自己的年级、班级、姓名、悔过书和致歉词，我则规规矩矩站在纪律委员的旁边。学生并不多，就是按照正常的声调说，都完全可以听清楚。但野次突然从队伍后面蹦出来说："听不到！"于是阿翼又声嘶力竭地喊了一遍同样的话，我当然是没法阻止这一切，仅仅听着就心灰意懒了。阿翼是不是也有同感呢？

经历了几分钟的大喊后，阿翼终于得到谅解。但广大观众非但没有看够，还越发显得活跃了。在我致歉的时候，野次也不断跳出来。比阿翼那会儿还刁钻。我声音越大，一部分人越热情高涨。而大部分人都是在冷笑。我声音都嘶哑了，方才还沉默不语的人却也突然活跃起来。

因为到了结束时间,老师出面阻止,我才得以解脱。就这样我一直喊到了上课的时间。这样一来,我一天都很难再发出声音了,但老师偏偏挑这个日子上课提问我。老师发泄郁愤,同学拿我当出气筒。而且放学后,还有待打扫的厕所在等着我。

把该做的事情全都做完后,我已然筋疲力尽。但无论累还是不累,时间都是一样地逝去。天还早,如果回家一定又会被差遣去干农活儿,而且还得被奶奶训斥个没完,真是让我烦透了。

我决定到河滩去消磨一下时间。我想河滩在学校附近,或许有不少放学回家的男生、女生保持着一定距离坐在那里互诉衷情吧。所以特意选了一个靠上游、草木丛生的地方。意外的是,香里竟然在那里。为了不碰见她,我才故意避开场院的,可是……香里背对着我伫立在草丛中,竟然给人一种幽灵般的感觉。我本打算不出动静地赶紧离开,但她好像察觉到什么似的,突然转过身来,一眼就看到了我。

香里刚才在哭。虽然没有眼泪,眼睛也没有泛红,但我知道她刚才在哭。四周充斥着绝望的气氛,宛如世界将会在今天终结。当然,世界不会终结,会一成不变地继续到终结的那一天。

香里慢慢向我走来,我觉得很厌恶。

"回家!"

听到我嘶哑的声音,香里很高兴似的。我放下心来,立马又觉得很讨厌。

"今天真是很要命吧？"

"啊，回家！"

周围开始暗了下来。如果跌跌撞撞摔个好歹，对方家人会怎么说，我是不知道。但是只要我先离开了，就没我什么事了。奇怪的是，不知为什么竟然不想先离开。

香里哭丧着脸，很明显不想回去。一打听才知道今天是她首次接客的日子。听说是卖给了一个叫吉羽的年近六十的老头儿。阿稔还不知道，怕他知道了会胡闹。

"能早点经历那件事不是也不错嘛，而且如果对方动作娴熟的话，或许不会把你弄疼吧。"我这样一说，她极其厌恶地皱起了眉。

"我才不想呢，龌龊！"

"可事到如今……"

我把到了嘴边的话又咽了下去，突然觉得什么都不想说了，因为看到开始"啪嗒啪嗒"掉眼泪的香里，觉得很扫兴。她抽噎着，用一种近乎呼唤的声音诉说着自己的心声。

总之是在说女人无论是不谙世事，还是世故圆滑，结果都是一样的一无是处。我说的话香里一点儿也听不进去，或许也没有听的必要吧。自出生起就打消了寻找那根本就不存在的自救方法的念头。与此相比，更乐于单纯地享受共处、攻击、防御、寻找对手这样一个过程。对她没有任何感情的我是无法体会的，所以我决定捺着性子做个彻头彻尾的稻草人。但香里趁机说起荒唐话来。

"我也成了你的姐姐了，对吧？"

我猛然一推，香里摔了个屁股蹲儿。她抬头望着我，小声道歉。那眼神里有后悔、胆怯、讨好，总之是一种能煽动人的邪念，让人按捺不住冲动的眼神。

我一把把香里扑倒在地，把身体压向她的两腿之间，掀起她的裙子，手伸向内衣。香里尖叫不止，但这更勾起了我的欲望。

"反正怎么着都得让人干，不是吗？"我冲香里大喊，扇了她两三个耳光，她的身体一下僵住了，老实了。我难以抑制兴奋的心情，粗鲁地抬起她的腰，把她的内裤褪了下来，然后又把她的两腿分开，一直分到大腿根。然后就一直目不转睛地看着她那里，香里很害羞。

如果一直这样下去，好像突然变成在理性地研究问题了，不禁哑然失笑。在想什么呢，以这种滑稽的姿势吗？为什么香里会突然改变态度，让我把脸放在那里呢？人，到底是怎么回事儿？这样一想，我不禁抬起了头，香里或许也有同感吧。我们相视苦笑一下。

最终，香里嘱咐了一句："慢着点儿。"之后，我们顺理成章地做了那事。在做的时候，香里肆无忌惮地哭叫着，但是做完后，就像翻脸不认人一样，态度冷淡地穿上内裤，认真地整理好自己的衣服。反倒是我手忙脚乱，惊慌失措。

奇怪的是，我至今都还记得那天回到家后的情景。奶奶在责备太奶奶下地干活儿迟了，太奶奶辩解说都是因为做完了本该奶奶做的棉被。谁也不看电视，却偏偏把音量调到大得让人头疼，电视里播放的是，东晓地下又建成了新的商业区；在七合目以上的高级住宅区又出现了用特殊染料乱涂乱画的事件；因为居民管理问题，以及陷入医疗保险废除局面的资本主义医疗状况，举行了示威游行；生活中老鼠等有害动物大量繁殖；在风害地区，防水布被刮飞，冻死了很多无家可归的人。虽然经常处于一种亢奋状态，但天黑后突然回来，并且早早上床睡觉，还是很少发生在我身上的，特别是第一个睡觉。这让小白很担心。

后来，我和香里开始约会了，但并不频繁。一起亲热地上下学是绝对不行的。放学后或者休息日，还不得不去干农活儿，一干就是一天。太奶奶和奶奶也并非每天都只是下地干活儿，光干地里的活儿也不行呀。所以每次去干农活儿时，杂草都长得到处都是。即便平日里两个人收拾，到周末时草又长得到处都是了。如果不先把草拔掉根本不行，所以似乎农活儿根本就没法儿干了。

如果和太奶奶、奶奶一块儿去地里干活儿，肯定得听两个人吵嘴。

"光凭我们俩，怎么都不行呀。"

"至少三井媳妇帮帮我们才行呀，这个媳妇呀！"

母亲只有周六、周日时，才会在家待一整天，但也只是睡觉，睡得像死过去一样，连午饭都不帮忙准备了。除了吃饭、上厕所，就是睡个不停。到了周日晚上，就会起来，整理好头发，又去池田那里了。

"我们想出去也出不去呀,如果三井媳妇不工作是不行的,这也是没法子呀!"

"那也不能给老人家添这样的麻烦呀。"

奶奶一边发着牢骚,一边挥动着锄头。我劝她们用除草剂,但两位老人家根本听不进去。

"如果用了农药,菜就卖不出去了。"

"原本也卖不出去嘛,何必那么较真儿。"

卖给饭馆或者出口国外都只是做梦罢了,难道这一家子无论何时都心存幻想吗?在那些轻易就会找到的地方,就有生产高档蔬菜的大农场,哪个糊涂蛋会翻山越岭来这里呀。

"如果用了农药,可难卖多了。"

确实如此。在这个有洁癖的世间,谁也不会买涂了农药的蔬菜。但家人自己吃的话,也没什么关系吧。真想赶紧结束这农家生活,像阿翼家一样,靠卖电就能富起来。现在到处电力不足,听说只有东晓还电力充沛。

但是奶奶、太奶奶固守着这农家日子。她们说:"即使现在电力不足,很快就会充足的。如果到时候再重新从事农业可就晚喽。"

我哪里能考虑那么久远的事情呀。总之,现在,就是现在,我只想扔下锄头去找香里。急不可耐。尝到了一次甜头,就完全按捺不住那种欲望了。我吃惊地发现自己已经近乎失控。

结果,我每周都受欲望驱使,故意找碴儿跟两位老人家吵嘴。如果她们烦了，就会说："走！走！"我就得逗了。就像中毒一样，那样渴望去河滩。香里总会坐在那里向阳的地方，凝视着水面。或许，平时我不来的时候，她也是这样吧。这地方似乎已是她的专属地盘了。

一见面，我们就会立马先干那事，如果之后还有兴致，就说会儿话。一般都是她说说自己的近况，我则因为干完那事后感到疲倦，只是敷衍几句。谈话中，她经常会拿自己和朋友作比较，笑着说朋友受雇于城里的工商联合会，而自己受雇于人贩子。

香里也经常会把话题转到我身上。我则老老实实地汇报一下自己的近况，但都会有意识地避开有关小白的话题。比如，因为只有我们家没有资格参加水渠清理工作，所以今年可能没法灌溉田地了。这些事我不想让她知道。说这些得到的只不过是对方的同情，那我也得以人之常情给予对方同情，那么我们之间建立起来的则是一种相互舔舐伤口的关系了。

如果通过这种甜蜜地相互舔舐伤口，说些陈词滥调，我们则会失去理性。在学校，偶尔碰到时，也会表现得十分冷淡。其实打个招呼也没什么，但我们沉醉于在刹那间的对视中，因共有秘密而感受到的乐趣。完全大意了。所以只要是被哪个眼尖的人发现了，那么阿稔知道也只是个时间问题了。

那天，一到学校，还没有进教室之前，在走廊里就弥漫着一种不同寻常的气氛，模模糊糊地有种不祥的预感，一走进教室，立刻明白了是怎么回事。在迈进教室的一刹那，所有人都屏住了呼吸，我也呆住了。

阿稔正端着从家里带来的猎枪，枪口对准了我，准备射击。一眼就能看出他不是在闹着玩儿，充满仇恨的眼睛瞄准了我，手指在冷静地一点点扣动扳机。突如其来的恐惧席卷全身，我吓瘫在地上。因为过度恐惧连声音都发不出来了。

听到在教室的某个地方有人说："别开玩笑了！"是林藏的声音，其他人虽不至于和我一样吓得说不出话来，但只有林藏会在被枪口对准时还发表意见。突然跑来几个被从教研室喊来的老师，老师们冲马上就要开枪的阿稔大喊："住手！"

阿稔仅仅用眼睛看了看站在走廊上的老师，丝毫未动。我因为过度惊吓，从刚才开始就觉得头晕目眩，眼前一片模糊了。之所以此时拼命不让自己晕厥过去，是特意咬牙坚持的。如果在这里吹着泡泡昏了过去，再尿了裤子什么的，当众出了丑，那岂不又得回到原来那种枯燥无味的生活里去了，我必须避免这种事情发生。

不能躲避在幻想中，我虽然害怕但还没有精神失常，我能做的就是一个劲儿地辩解，试图说服阿稔。就在我认为子弹飞出的那一刻，突然冒出了一句话，然后就再也止不住了，只是内容太不近人情了。

我始终都在撒谎为自己辩解，说香里讨厌被大人那样，就勾引了我，所以我认为是助人为乐才和她做了那事，而且后来都是她引诱我的，我一点儿错都没有。大致就是这些。但阿稔连眉头都没皱一下，作为垂死挣扎，我在辩解时夹杂了几句骂自己是笨蛋蠢驴，慢慢地又变为哭着求饶，谎言与现实相差得越来越大。

突然一声轰响，让我的声音彻底消失了。

墙上开了个大洞，我得救了。后来，听阿稔说他并没想打中我，但如果误打死了也无所谓。看来，阿稔和我一样，都是完全不考虑后果的人，在这一点上，或许我们是同类。只有在做完之后，才明白杀人会引出多少的麻烦。

儿子随意开枪，阿稔的父亲却并没有来我家道歉。有小白的地方，他们是不愿意靠近的，心情虽说不是不能理解，但未免也太没有礼貌了吧。太奶奶、奶奶很生气，我也是，枪支管理完全是父亲的责任。

但是我们也没有报警，因为村子里讨厌任何动荡不安，谁也不想把自己再导向一个脸上更加无光的方向，恐怕全家人都是这样想的。不报警的话，还得由阿稔一家来替我们承担这种羞耻。

自此以后，我一直离河滩远远的。仅有一次和香里碰上了，本来是可以一起说说话的，但她只是一个劲儿低声下气地道歉，结果我也没有说出什么来，所以也没能从香里那里听到停课中的阿稔是什么情况。

我想或许在香里毕业前，我们再没机会见面、说话、做那事了吧。她毕业后就去饭馆工作了，我则在一年半后毕业，留在村子里种别说钱了，连吃的都指望不上的田地。阿稔则在另一块田地里干同样的事儿。在不同的地方干同样的活儿，最终还都会一样死去。只有阿翼靠卖电会活下来,但是如果电力一旦过于充足的话,他也只能守着那些不能当饭吃的电了。无论什么时候,也别奢望会有从别处伸来的援助之手吧。因为无论是工厂、农场,还是牧场,都太小了,无论廉价也好,高价也罢,都不能缺少效率,这就是所谓的规模经济。

虽说如此,我也并非悲观或心怀不满,无论是谁,都理所当然地不会想去了解一个还会遗弃孩子的山村。如果是我,也不想去了解。外边的人,更应该如此吧。即使不了解这样的山村,也没什么,把目光投向他处,充满吸引力的地方有的是。倒霉的只有我们这些被土地束缚、在这种地方还硬要从事经济活动的人。

但是这种不可救药的豁达却被不可救药的事情给吹得烟消云散。

那是离毕业典礼还有几天的一个夜晚,母亲打来了电话,接电话的是奶奶,母亲竟然厚着脸皮要我们把她的换洗衣服送到池田家去。前去送衣服的只能是我了。

一出玄关,我就缩起身子,使劲裹了裹外套。虽然暖和些了,但是夜里也越来越冷得厉害,黏在喉咙上的冷空气呛得我难受。我突然后悔蹬着自行车来干这差事儿。当然,这么冷的夜晚,是不会有人出来的,我没碰到一个人。没被别人看到实属万幸,没什么可悲可叹的。我受此差遣,难道一定得心生不快吗?

摁响门铃后,池田出来开的门,我很失望。虽然没问,但他还是告诉我说:"你妈妈在洗澡。"明知我来还洗澡,脑子里都想些什么呀。我把换洗衣服递给池田,他约我进屋,我拒绝了。如果母亲不愿意和我见面,我这样做应该是对的吧。

他们轻而易举地就让我不快,我很生气,拼命蹬车,全速前进。我只想赶快回家钻进被窝,非那样不可。有一种非得破坏点儿什么的冲动,就像弄哭小白一样,是克制不住的。

回家的路走到一多半的时候,突然听到非常微弱的说话声,我吓得出了一身冷汗。虽然不相信这个世界上有什么幽灵之类的,但是在两边都是田地的唯一通道上,突然听到说话声,还是令人毛骨悚然的。我放慢了车速,仔细听了起来。声音好像是从隔着荒地的一条废弃的田间小路上传来的。因为没有路灯,所以看不到人影,听得出是两个人在争吵。

我快速绕过去,决定去一探究竟。在这样一个深夜,这样的地方,他们在争论什么?我饶有兴趣很想知道。当我刚打算通过那个能够过自行车的田埂时,他们的争吵已经升级成了武力。我在稍远一点儿的地方停下自行车,蹑手蹑脚地走近一点儿,偷偷看看是怎么回事。只见一个人正在使劲踢一个摔倒坐在地上的人。摔倒的人虽然一直挨踢,但还在一个劲儿地央求踢他的人帮忙。我听到他说:"求你让我去工作吧!"

我心想该不会是因为欠债吧,突然发现倒在地上的人是阿稔。阿稔正在哭着拼命求那个非法中介不要把他姐姐带走。看到大块头的阿稔缩成一团儿,我本应觉得痛快,但实际上觉得那样太不合适了。在那儿喋喋不休的人还是那个在场院打我，拿枪指着我的阿稔吗？

尽管阿稔抽抽搭搭地哭，但中介人依旧毫不留情地继续踢他。周围十分安静，那种皮开肉绽的声音格外鲜明，我听得清清楚楚。我知道阿稔如果继续被这样踢下去一定会死掉。

我已完全不记得自己当时想了些什么，只记得自己使出全部力气骑着自行车向那个中介人撞去。因为冲击力太大，他一下飞了出去，重重地摔在田埂上。在中介人还没明白过来是怎么回事儿时，自行车又倒了，压在了他身上，他一个劲儿地呻吟。我冲阿稔大喊："快动手呀！"

阿稔霍地站起来，向非法中介走去，右手拿着一块石头。

只见一个黑影跪在地上，大叫着狠狠甩下高举的右臂，没有我砸阿稔时下意识的手下留情。此时，传来一声划破天际的悲鸣，自行车"咔嗒咔嗒"地摇晃着。阿稔似乎也想把自行车毁了，又做了一遍同样的事。

我只是定定地看着把石头砸下去的阿稔。不知不觉中，几十分钟前的不快烟消云散，情绪高涨起来。看到摆脱了羁绊、恢复自由的阿稔一副轻松愉快的样子，我被深深地打动了，不禁热泪盈眶。

非法中介死了。

阿稔跪在尸体旁边，肩膀剧烈地一耸一耸的，有规律地喘着粗气。我"哧哧"地笑着走近阿稔。阿稔还在发愣。黑暗中勉强可以看出阿稔的眼睛像没有电池的玩具一样，目光涣散，尸体的脸已经不成样子了。

只剩下了阿稔的魅力十足的艺术残骸，没有更大的意义了。

我抓起阿稔的手腕，说："快走！"

阿稔不安地抬头看着我，"去哪里？""不知道。"我冲他笑笑。总之，这儿是不能待了，如果想被关进拘留所，那就另当别论了。

我搬开尸体，扶起了自行车。还好没坏，但是一推，车轮、链条和脚蹬子就吱嘎作响。我苦笑了一下，一脚踢倒了这个大垃圾。

遥望着黑灰分明的山脊线，我们已经开始畅想未来了。想在天亮之前翻过山去的想法或许太天真了，但是没有关系，慢慢走。即使他们发现了尸体，也会在报告警察前商讨一番。他们聚在一起，完全不知道曾发生过的艺术杰作，或许只是沉着脸说："真是讨厌呀！"而那个时候，我们已经在新的土地上，开始了新的生活。

第二部 港町

> 在这个冷清的港町，认真致力于「折纸机」制造的人是不会让人生厌的。这里的人全都指望它进行金钱交易、相互联络的。

客人连我不知道的一些事情也仔细地调查了一番。例如我和阿稔离开村子之后釜田家发生的事。对这些情况，甚至连在我们消失后不久就被池田带着逃离村子的小白好像也不知道。客人在说釜田家的遭遇时，表情凝重，稍稍低着头，屋里的灯光似乎是为了与之相呼应，也突然暗了下来。

釜田家背负着杀人犯的恶名，香里的工作也泡汤了。村里的人只要一看到他们家的人，就会指指点点，挖苦讽刺。如果想为自己稍稍辩解一下，就会被扔石头。想种庄稼，但不准用水，一天到晚不敢迈出家门一步。但不管怎样，靠着原来微薄的积蓄还是能勉强度日的。不过没过几个月，五月份时就空空如也了。所以，父母不得不拖着羸弱的身体四处奔走，把女儿香里送到船上，那里只有充满肉欲的男人，但依靠他们可以活下去。看到船起航后，老两口无牵无挂地上吊自缢了。

"听说香里在船上生活了一年后，就去港口的某饭馆做了一阵儿陪酒女。但后来就不知去向了。"客人说道。那是当然，这是太久之前的事情了。调查不如到此为止吧。客人说的这些经历和我没有一点儿关系。

但我无论如何都不能理解香里、阿稔的父母。为什么必须寻死呢？如果连死的勇气都有，为什么不能像我们一样抛下一切逃出来呢？那样岂不更好。去别的地方，既没有自己留恋的村庄，也没有自己必须固守的土地。就算舍命守护自己那片土地，不是也后继无人了吗？长女在船上，长子逃亡，二儿子也不会再有来往了。釜田老两口自杀这件事，在过了相当一段时间后，还是传到了小白的耳朵里。

"听到亲生父母自杀，还是应该很难过吧？"

小白摇了摇头，"折纸机"代替小白陈述了他的想法。

"难过的不是他们自杀，而是自己不知道。"

如果是现在的小白，理应可以自己检索到；一检索就能搞清楚事情的原委了，但他从没想过去那样做。如果问原因，那就是自打小白隐居在这个房子里闭门不出后，他脑子里装的只有关乎我的事情。

小白在这个房子里和我紧紧依偎在一起，硬是把我离开村子之后发生的事情——调查出来，几十年来就沉溺于这种思念之中。

走在路上，我和阿稔几乎没怎么对话。阿稔好像是为了逃脱罪恶感似的，一直嘟嘟囔囔地说着自己也不想为了继承家里的土地牺牲掉姐姐和弟弟，但我并没有附和他。眼前突然掠过了小白的脸,我对自己的决定产生了一丝迟疑。

铺路工程又搁置了。当我们完全淹没在山中时,太阳已高高升起。我们饥肠辘辘,脚底的水泡都磨破了,步伐也就慢了下来。但还没人追来。在被逮到之前,好像得遭不少罪呢。觉得越来越累了,情绪也跟着低落起来。

我们在山里吃些看上去能吃的草,喝水洼里的水,就这样,熬了好几天。山里还有不少废弃的村落,所以我们也没被冻死,但夜晚的刺骨寒气和从门缝里吹进来的冷风还是引发了剧烈的头痛和关节痛。

按说连续走一天就能翻过这座山去的。现在就是到了城里,也没什么不可思议,但眼下丝毫没有这种迹象。看来是迷路了。这样下去,还不知道得在山里待多久呢。一想到这儿,不觉叹起气来。

一天下午,我们站在隆起的山顶上,视野一下开阔起来,突然看到阴雨蒙蒙的天空下有座城镇,那里发出暗灰色的光芒。难道已经到海边了?惊愕,悬着的心放下了,神采飞扬。向希望之海前进!我们开怀大笑,几乎是忘乎所以地下山了。

我们弄坏了海边一处打鱼人仓库的钥匙,闯了进去。不管怎么说,先当睡觉的地方吧。用泛潮的火柴点亮了煤油灯,煤油灯是用锈迹斑斑的空罐儿做成的。我在这里尽情地连续睡了几天,从未迈出过仓库一步。不仅盖着自己的外套,把阿稔的也抢了过来。牙齿虽然还"咯吱咯吱"地打架,但就一直躺着不动。吃的都是剩饭,阿稔拿回来的。他说:"这里借不到钱。"

　　也多亏了阿稔的照顾,我终于活了过来。仓库外面晴空万里,阳光普照,好像也在为我庆贺似的。对着天空,使劲伸展了一下蜷缩已久的身体,然后就马上央求阿稔带我四处转转。但只看到了冷清的水产市场上孤零零伫立着的水桶;隔着市场和马路,正对面有一家套餐店,我们去店后面看了看,连垃圾场也看了。到垃圾场之后,我才明白这几天吃的全是这里的东西,我不得不庆幸自己竟然没有吃坏肚子。

　　四处转悠时,发现似乎能找到工作的地方都没有人。当然,水产市场白天比较冷清是自然的,但在一个好像是商业街的地方,所有的店面都关着,就算是偶然碰上个人,也多是穿着工作服,身强力壮,目光尖锐,看上去无论如何都不像是正经人的男人,让人觉得不敢靠近。一直到傍晚,我才明白这地方白天没人的原因,也知道了这里是多么无拘无束。竖起耳朵仔细听听,老百姓家似乎都有人;远离市中心的工厂处,烟囱也都不声不响地吐着落后于时代的烟雾。但是为什么路上看不到人呢?接近傍晚的时候,终于看到一个放学回家的孩子,一问才知道,有工作的大人们都是晚上出门。

　　结果,这一天还是用剩饭打发了肚子。天慢慢黑了,我也睡着了。第二天,拂晓时分我们就起床外出了。出门一看,我们被眼前的情景惊呆了:男人们成群结队地沿着眼前这条马路向同一个方向走去,其中大约一半的人穿着不同公司的工作服,其他人则穿着自己的衣服。我们决定追上他们一起走。

在道路两旁，有一些略显邋遢的男男女女，正举着牌子招徕过来的这些人。缺乏活力的男人团体中，绝大部分人对此都视若无睹，穿着工作服的男人们径直沿着海边走着，穿自己衣服的男人们则在途中的一条小路上拐弯了，来到一个巴掌大的公园里。疲惫不堪的男人们井然有序地排着队，但队列超出公园后就乱套了，把公园前的马路都堵塞了。我和阿稔也混在这乱哄哄、毫无秩序的队伍中。

在我们对面的公园门口处，出现了一个身穿制服的女人，她伸开双手，高高举起，大喊道："十人！"队伍最前面的十个人立马上了早已准备好的客货两用车，车就出发了。不一会儿，又有穿别的制服的人出现，也一样雇到了需要的人手。来来回回几次后，只剩下了包括我和阿稔在内的几个人。坐在角落的花坛上，漫无目的地四下张望，我发现剩下的人比找到事儿干的那些人似乎更加疲惫。

这时，一伙儿人像幽灵一样沿着海边慵懒地走了过来，身边还有一个穿着同样工作服的男人，他开始清点人数。当指到我和阿稔时，男人露出了惊讶的表情，不过最后好像还是把我们计算在内了。数完后，男人就招呼大家赶快上车。

"你们是第一次来吧？"

我们最后上车时，男人突然问道。我和阿稔对视一下，决定由我回答，于是答了声"是"。男人冷冷地笑了笑，一边意味深长地点着头，一边反复看着我们两个。最后对一直等着他发话的我们说："快上车！"并且拍了一下我们的屁股。

车也就行驶了大约五分钟，就到了城郊的港口。在每次走上去都会摇摇欲坠、破烂不堪的栈桥上，一些身穿咔叽色工作服的男人正在从船上往下卸货。大家互相招呼着用滑轮吊起货物，然后几个人一起扛起大如磐石的货物，把它装进拖车，工作现场活力四射，我都看呆了。

"在那边。"

一起乘车前来，似乎很熟悉这里的一个短工对我说。回头一看，同伴们都已经离开码头，成群结队地向海滩走去了，我赶忙去追他们。一艘大型货船停泊在海平线前，还有几艘小船，甚至有连漆都没涂、船体木纹剥露的手摇船。大概是因为装着满满当当的货物，看上去好像马上就要沉下去了似的。有人告诉我那就是要运到这里来的货。

短工们坐在沙滩上等着船靠过来。随着船慢慢靠近，不时有人站起来，走到齐腰深的海水中。看他们这样，我也赶紧站了起来，但被身边的一个男人拦住了。

跑去海里的人分在船只两侧，用手使劲把船往岸边推，划船的人也纷纷跳入海中，加入了推船的行列。

"今天轮到他们了。"

有人招呼我们起身，我也学着其他短工的样子，从靠岸的船只上卸下货物，但比想象的难多了。起初看大家似乎都很轻松就把货物扛到肩上了，大件货物也只需两个人抬着，都昂首阔步地跑过了沙滩。"不过如此嘛。"我完全没当回事儿，但实际上连最小件的货物都扛不起来。阿稔也只能把货物抱在胸前，走起路来东倒西歪。一个短工实在看不下去了，一把夺下我搬的货物，大骂起来。胸前毕竟代替不了后背，所以最终我和阿稔决定合作。不管是别人嘲笑我们两人抬一件货，还是鼓励我们或者亲昵地同我们打招呼，我们就是一声不吭，只管将依次靠岸的船上的货运到拖车上。

运完所有的货物后，那个穿工作服的男人又让短工们站成一排，逐个连接好"折纸机"，支付了这一天的报酬。我和阿稔站在队尾等候。

"哦，是你们呀？"

男人认出了我们，从口袋里抽出个信封递了过来。或许从我们寒碜的着装就断定我们没有"折纸机"了吧。大概也不是第一次碰到像我们这样年龄的孩子来这里干活儿了。往信封里瞥了一眼，工钱少得可怜。不过，干的活儿还不如其他人的一半多呢，就算被克扣点儿也是没有办法的事情呀。我那时候甚至还为他们能给没有"折纸机"的人支付现金这一善举感动不已呢。后来才知道，这可不是什么善举，什么都不是，只不过是为了避免引起不必要的麻烦，给小孩儿的跑腿钱罢了。

我向男人打听哪里能买到"折纸机"，他环视了一下四周，喊住其中一个短工。

"千野，这两个人说没有这个。"

千野看了看我们，喜出望外。

"走，我带你们去。"

热心肠的千野带我们继续乘车来到一个电子垃圾分解场,这里好像是削平了山地,强行弄出来的似的。堆积如山的塑料垃圾坍塌,挡住了通道,而且还有烟从下面冒出来,散发出一股异味。一问才知道是塑料制品低温自燃了。因为只需要其中的金属部分,所以塑料部分就要扔掉,但如果丢到野外烧掉,会产生有害物质,所以一直就这样堆着不管了。千野接着解释说:"其实被一起扔掉的化学物质如果自燃,并且烧着了塑料制品的话,还是一样会产生有害物质。"

千野向一个叼着香烟、坐在木箱上挥动着木槌的白发老人问道:"还有吗?"

白头发微微点了点头,指了指身后堆积如山的电子垃圾。千野扒开垃圾山,分别拿了个银色和绿色的"折纸机",看上去有点脏,又拿了几个零部件,"借我用用!"千野打了声招呼后,便带我们去了里面的小屋。

千野先让我们坐下,椅子摇摇晃晃的。他很熟练地从架子上取下工具,在布满灰尘的桌子上开始拆"折纸机",重新组装零部件了。

千野在更换内部零件的时候,对无事可做的我们讲起了自己的身世。因为一心致力于音乐,十五岁时便贸然离家出走了。后来就在东晓干些清理鸟巢、金环胡蜂巢、逮老鼠的活儿,勉强度日,继续梦想做个歌手。有一天,在垃圾场找到一个音响,作为消遣便整天摆弄,不知不觉间竟然对这个东西了如指掌,玩儿得得心应手了。不承想,三十五岁的时候竟成了音乐系的技术工作人员。至于"折纸机",也是当时为了改良音响音质,反复进行违规改造时掌握了它的构造。千野笑着说:"无论在哪儿,我都属于实战派。"但是此后,千野觉得有些乏味了,虽说一个人享受改造的乐趣不失为一件好事,但他开始想多赚钱了,凭着一知半解的专业知识和窍门,千野开始买卖信号可达深海海底的非实名"折纸机"了,不出所料,最终被绳之以法了。妻子离开了他,业界也剥夺了他工作的权利。于是,千野不停地换着地方,换着工作,几经周折最终到达了港町,还在这里发现了堆积如山的电子垃圾。千野兴奋地说:"当初真是激动不已呀!"他还告诉我们仅靠这些零部件,大部分的问题都能解决,在大城市里,无疑要受到盘查,但在这里只要谨慎使用,是不会有太大问题的。

"在这里,这也算是必需品啦。"

在这个冷清的港町,认真致力于"折纸机"制造的人是不会让人生厌的。这里的人全都指望它进行金钱交易、相互联络的。他们还希望以后"折纸机"能再具备电视呀、音乐呀之类的娱乐项目,那就更完善了。所以偶尔出现像我们这种没"折纸机"的人,千野自然会喜不胜收。

听到这里时,连迟钝的阿稔都觉得有些蹊跷。我们只想要和其他人具有一样功能的"折纸机"。如果拥有检索绝密信息权限的"折纸机",只会令我们害怕。

"绝对没问题,交给我了!"

千野把组装完毕的"折纸机"连接到自己的上面,开始更新数据了。通常情况下，无论多么完美地进行更新，都没法完全消除以前的数据，所以千野拍着胸脯说："更新数据可是我的绝活儿！"

无论这个人多么靠不住，我们都得选择要还是不要。看刚才发工钱的情形，应该是基本上没有能用现金的地方，也就是说如果我们不要眼前的"折纸机"的话，那么以后吃饭就必须得找能够现金支付的有善心的店。真有那样的店吗？就算有，每天都去的话，恐怕也会遭人嫌弃吧。

烦琐的设置过程结束后，终于到了生命体认证等正式的导入阶段，我觉得更加兴致盎然了。突然被问到了姓名，我惊慌失措，脱口而出："小池林藏。"阿稔则紧接着说："我叫高远牧夫。"看着千野输入了这一信息，我一下后悔起来。因为这样一来，今后至少在"折纸机"的世界里，我只能以林藏的名义活下去。但没时间改变主意了，阿稔已开始往那台绿色的"折纸机"里输入基因信息、指纹信息和重心信息了。我则往那台银色的"折纸机"里输入了基因信息、眼睛虹膜信息和密码。我原本是想输入和阿稔完全不同的三项的，但"折纸机"通过头发进行识别的方法恰恰是最好的，所以只基因信息这一项和阿稔是一样的。

可以用了。给我之前，千野问道："有没有想要安装的软件，免费给你们装。"阿稔摇了摇头，我稍一考虑，突然想起了阿翼操纵的那个折纸机，我要这个。

挣的钱基本上都让千野敲诈走了，我们先回到了海边那个仓库。我累坏了，没吃饭就睡着了。阿稔好像立马又出门了，真是有体力呀。第二天我全身疼得一动都不敢动，但阿稔在日出时又去那个地方工作了。在阿稔积极地四处奔走时，我则在仓库前的沙滩上痴迷地玩着"折纸机"折成的飞机。

终于又能活动自如了。为了不再去那地方工作，天亮前我就去排队了。如果跟着道路两旁那些招工的人走，似乎是不用早起，还能找到工作。不过听大家说那是个被隶属的团体排斥出来的流氓组织，贪得无厌，只好死心排队。但这里似乎有的是不成文规定，搞得我经常被人莫名其妙地推一下，甚至被挤出来，最终还是去了一处冷清的码头，继续当装卸工。若问为何只有这地方每次都是空的——都是重体力活儿自不必说——听说卸的货物都是走私品。倘若是走私品的话，召集没找到工作的人赶紧卸完货物也未尝不可。即便如此，以这样的规模，正大光明地前去卸货，并且还能瞒过官员们的眼睛，无论如何也想不通。向其中一个短工打听了一下，才知道稍加贿赂，地方上的官员就装聋作哑了。这或许是全镇绞尽脑汁想出的办法吧，还可以增加工作机会。

阿稔很快就适应了工作，可以顶一个人用了，我却还是只能干半个人的活儿。这点儿少得可怜的工钱也会在晚上的麻将桌上半拉儿不剩。总之，我工作不得力，一向被大家瞧不起，成了众人攻击的目标，但若不干了的话，唯一的工作之门也会就此关上，那就只能被扔到电子垃圾回收场了。

我不知道工厂里的人是什么样，至少港湾上的人都是干完早晨的工作后就回家睡觉，傍晚时分再慢悠悠地起床，然后敲诈走像我这样的冤大头的钱。夜深时分，就用这钱买酒、玩女人、胡闹。我也不晓得把辛辛苦苦挣来的钱花在正经日子上，会有什么样的乐趣。反正我的钱和自由都不由分说地被安排进了他们的生活，如果想摆脱他们，必须要有相应的对策。变强大，是最佳途径。

几个月过去了，终于出效果了。不客气地说，我具有那样的才能，无论是打麻将还是玩花纸牌或者什么其他游戏，只要我掌握了要领就绝不会输。不仅如此，就连赢多少都能自己决定。在本职工作上虽然依然只顶半个人用，但晚上可以满满当当地把少赚的那部分钱补回来。为了不被冤大头们撵出来，也时常故意输两把儿。就这样，我完全沉浸在了这港湾生活之中。也开始常去酒馆，找喜欢的女人了，自愿把钱和自由交给她们。

不过，我的行为还是受到了诸多限制。如果突然去家不熟悉的酒馆或妓院，他们通常会以"还是个孩子"为由拒绝我的要求。店里的人大概还是有良心的，找我麻烦的也多是受不正常的正义感驱使的客人，一般都是老师、渔夫、小卖店店主这样的规矩人。如果在酒馆发现了我，一定会训导一番；如果在妓院走廊里碰上了，也会慷慨陈词一番。他们旁边领着个和我年纪相仿的女孩，逗我说要扭送她去警察局。说起来还是警察和那些公职人员对我更好一些，他们经常会把我和初出茅庐时的自己放在一起比较，有时候甚至会委婉地告诉我要清查的店以及清查时间等。本次清查行动，就是在港湾负责清查走私工作的公务员透露给我的。

因此，我被大家视若珍宝，即使在工作上明显地敷衍了事，也不会遭到抱怨。虽是半人份的工钱，但如果能弄清走私日期的话，那也能保本了。当然，我也不会直接告诉那些公职人员走私的日期。虽然他们收受了贿赂，但还是要向中央政府提交业绩的，绝不可能破坏地方和中央的信任关系。所以，我会在那天不去上班。只要看到我不在，这些公职人员就会立马出动，总能取得一定的战绩，如果现场的负责人反应迟钝的话，还会被押到警察局。

不久，人脉关系丰富的我便接到了公司负责人秋兄的邀请，搬进了正儿八经的房子里。就此，离开仓库后的木制租赁屋的生活也画上了句号。但我也仅仅是被秋兄罩着，并非成了公司的正式一员，所以基本上和以前没有什么两样。如果非说有变化的话，那就是不用每天早晨在公园排队了，再就是房租都是暂存在秋兄那里，按月支付。后来，房租由公司职员公开核算了，因为是月结，我也没有什么实际的感受。

花着成倍的房租，住进"百人宿舍"时，最初常为手头紧而烦闷，但是习惯后倒也没什么了。至少人身安全有了保障，心情舒畅。在住木制租赁房时，曾经被人强行带入一间房子，受其威吓，吓得哭着打开"折纸机"，把所有的钱都交给了他们。在"百人宿舍"，没有这种担心。即使有人动歪脑筋，真做了坏事，也肯定会被发现，一经发现，必遭群殴才能了事。秋兄背后有个大集团，这个集团具有不为人知的处理一切和掩盖一切的本事。而且大家本来也是为了保护自己才来这里的，所以没人会去做不该做的事。

因为我是听从秋兄的指示办事儿的，所以秋兄的休息日也就是我的休息日。休息日的时候，想工作都没得干，只好从早晨开始便在宿舍里无所事事地转来转去。也有很多人去些店，但我常去的店都是只在夜间营业的。秋兄就经常约像我这样闲得发慌的人去剧院、脱衣舞店。他无一例外地喜欢电影、戏剧、杂技，还有一种被称为"兴行"的演出。

如果我自己去的话，"兴行"这种演出的地方会收我高得离谱的入场费，但和秋兄一起去的话，经常是一分钱都不用花。因为我们公司负责了"兴行"的治安工作。公司雇用的净是些地痞流氓，自然会有这一方面的业务了。

走下长长的楼梯后，秋兄稍稍向前台递了个眼色，我们就过去了。从敞着的门里传出了钢琴声、和谐的音乐声。舞台上，有一个裸体的女人被绳子系住脚腕倒挂着，而且从脚面到身上都抹着一道鲜血。观看表演的客人们既非默不做声，也没有兴奋地大声喧闹，发出的骚动声恰到好处。

秋兄从客人中穿过去，把胳膊支在柜台上，为我和一起来的同事们点酒。那些同事一个劲儿地道谢，极尽谄媚之能事，使劲儿凑在他身边。我完全没有说话的份儿，呆呆站在一旁。不久男侍就为大家端上了一种不知道是什么成分、蓝色微浑的酒，秋兄示意大家"请随意"，那些同事们也就都放开了，只有我还是放不开。

"嘿,过来!"

我站在秋兄旁边。那个男侍又在偷看我,刚才递酒的时候也看来着。难道他以为我没有察觉到?我特意躲开了这个眼睛向上瞪、不懂规矩的男侍。

秋兄虽然把我喊了过去,但并没说什么,只是一直自己喝酒。过了一会儿,背后传来了欢呼声和喊叫声,扭头一看,原来是那个头朝下吊着的女人,手脚被连在一起正一圈圈地转,像虾一样,不过是向后弯着身子。看着这副滑稽的样子,我不禁放声大笑,鼓起掌来。

"你喜欢这个?"

"你不喜欢吗?"

"不,我也喜欢。"

秋兄苦笑着说。看到我撅嘴生气了,他劝慰我说:"别生气嘛。"我明白即便生气也没用。

"已经结束了吧?"

我打算不动声色地离开,但没办到。

"拼命掩盖方言,反而显得可笑。"

"但是说方言,会被看不起,甚至会被找碴儿。"

秋兄笑了,男侍调制着酒,撇了撇嘴。方言确实是在这个城镇和平生活的障碍呀。

我又要了同样的酒,大口大口地喝下去。回头看了看,客人中已经没有那些同事的身影了,或许正在楼下哄骗女孩子呢。一想到这儿，不觉羡慕起来。说不定现在已经得逞了呢。但对我来说，这只是上司的应酬，不喝醉绝不敢乱来的。

"你想说什么？"

秋兄问道。因为太突然了，我怀疑是不是自己听错了，看样子又不像。我一下慌了神儿，哑口无言。是他把我叫住的，但又把话题抛给了我，到底是怎么回事儿？

我一直都找不到话题，秋兄简单地问了句："怎么样，习惯这里的生活吗？"

我回答说："没什么困难，不过老实说，对这种只看重电子交易，排斥现金交易的现象，你是怎么看的？"我这样一说，秋兄好像很感兴趣似的，向前探了探身子。

"有什么好讨厌的，用现金多不方便呀。"

"电子交易是方便，但常让人感觉压抑呀！"

我也明白在经济学上，钱是流通得越快越好的。如果一张万元钞票一天内只流通两次，那这张钞票只能让社会中的两个人幸福，但是如果流通四次的话，则会让翻倍的人幸福。这样一来，与现金相比，电子交易则会运转更快，受地域限制也小，或许能让许许多多的人得到幸福。而且，即使是相同的电子信息，现金交易和信用交易、保证金交易相比，即使速度一样，信用交易也比其他的能进行更大数额的交易活动，也就显得更加合情合理了。

进行信用交易，毋庸置疑，此人必须被信任。对于无法自己建立个人信用度的人类个体来说，资产成为理所当然的凭证。也就是说，财产越多的人越容易取得信任，就越能拥有快速调动大量资金的权利和能力，并且还能厚颜无耻地假借合乎情理之名。

但是，如果说这样做是否真的会让经济学中的幸福降临到很多人身上了呢？那就绝非如此了。快速流通的金钱只是在拥有所谓信用度的人之间周转。在我的家乡，就连建立信用度的机会都被剥夺了，只剩下赶不走的贫困，所以小白才会被遗弃。

我拥有了"折纸机"，当然也就意味着拥有了这样的机会。但这并不合我的心意。因为这实际上也意味着经常要接受信用评估。如果无视这种根据陌生人的钱而进行的评估，那就完了，而评估这种事本身又令人生厌。我那台通过不法途径获得检索权限的"折纸机"，虽说不大能指望得上，但可以轻而易举地随意更新显示资产重心的分布图，就连个人消费的类型，也能在某种程度上很容易地检索到。这样，我的消费渠道也只能建立在与评估信息相称的旗帜之下了。

如果这还不算压抑，那还有什么叫压抑呢？

我喝醉后，絮絮叨叨地说着这些不着边际的话，秋兄似乎并不明白这些乱七八糟的所谓的不公平，究竟有什么吸引力，但还是点着头、捺着性子往下听。因为秋兄什么也没有说，所以我就趁着酒劲儿继续唠叨，已经不满足光说这些不着边际的不满了，开始故意说些具体的不满了。

"同事们找女人的时候，我却和一个男人一起喝酒，一点儿意思都没有，真是白来了。"

"我没注意到，是我不好。"

秋兄带我从会场一角的紧急出口出去，来到走廊里，然后又去了后台。在门口附近，一个上身裸露的男子把饮料含在口中，大口喘着气。里面还有一个女人，背对着我们，正在吐着烟圈。秋兄问男人："没别人了吗？"他为难地挠了挠头，"真没办法呀。哦，蜻蛉？！"

被唤作蜻蛉的女人转过身来，我大吃一惊。先前表演时看到她的左半边脸如同白沙一样晶莹剔透，微微上挑的眼睛以及长长的睫毛，这都让我印象深刻，但右半边脸却像烫伤了似的，皮肤发红且已溃烂，垂下的眼睑把漂亮的眼睛挡得严严实实。蜻蛉厌烦地动了动溃烂的半边脸，继续吐着烟圈。

"什么事？"

"能帮我找个人陪陪这家伙吗？"

"对不起，想干那种事情的话，请去那种店！"

突然，蜻蛉像在鉴定什么似的目不转睛地看着我，然后说了一句："如果行的话，我陪你吧。"我很想拒绝，但为了双方的面子还是同意了。

不过，迟疑的原因并不是她脸上有伤，那更能激起我的情欲。我反倒不喜欢那些为了吸引别人而特意锻炼成的完美躯体，水蛇腰、肌肉紧致的肩膀也只会令我生厌。妓院也有从这种地方卖去的女人，而且还找过几次这样的女人，但都觉得糟糕透了，我不喜欢完美的肉体。

秋兄带着我和蜻蛉去了集体公寓的一间，放下钥匙就走了。房间布置得十分简单，只有床和一个空橱柜，屋里散发着一股霉味，显然有些日子没人住过了。蜻蛉一坐在床上，尘土飞扬，她剧烈地咳嗽起来。

"你的脸怎么回事？"

蜻蛉没有说。但后来我还是从她同事那里知道了事情的原委。是在一次表演时，客人之间打架给弄的。一个客人气昏了头，模仿舞台上的表演，口含酒精喷火，从正面喷到了蜻蛉脸上。她表演时从未失手过。但那次表演时偏偏有客人打架，在她之前偏偏表演的是喷火节目，那个演员又偏偏把汽油落在了舞台角落里，总之就是不走运。大家都认为蜻蛉以后再也不会上舞台了。谁知别说愤怒、气馁了，就是连一丝的心绪不宁都没让人感觉到。受伤的第二天，她就像个没事儿人一样，包着绷带就来了，大家很吃惊。其实，此时蜻蛉和我面对着面，应该也不会觉得特别开心，但她并没有别过身子。

"为什么不能上舞台了还执意要上，很留恋吗？"

"可以做的工作也不光是在舞台上表演，也可以做后台工作人员，或者做些事务性的工作，培养新人也行。但这些都不能成为我不再表演下去的理由，而且也并非脸被烧得难看了就不能再登台表演，现在反而成红人了。"也就是说她是不会因为受伤而离开舞台的。虽然很久以前就失去了表演的热情，但一定要等到她认为恰当的时机。蜻蛉告诉我这些，其间竟抽了三根烟。

听了这些，我更中意蜻蛉了。不说受伤原因这一点也很让我中意。这样一想，我更加欲望难耐了，一下把她压在了身下，但蜻蛉用一只眼睛死死盯着我，像是要击中我似的。我实在受不了了，移开了视线，蜻蛉一下躲开去洗澡了，洗完后又催我去洗。在这个充满霉味的房间里，在这张布满灰尘的床上，我明白了作为女人承受这一切时的恐惧。在此之前，无论是被香里，还是被那些妓女纠缠时，我都倍感腻烦。我一直只按自己的想法去干那事，全然不顾对方的感受，仅仅是为了满足自己的欲望去干，一己私欲。

所以现在，无论是溃烂的面部肌肤还是开裂的腹肌，我都无一例外地抚摸着，手指显得十分笨拙。接吻时，蜻蛉口中苦涩的烟味也让我不知所措，四目相对时，我还会难为情，全然不知该是副什么表情才好。蜻蛉在没有演出的时候，就去慈善机构做志愿者，我曾去看过她好多次。我每次去，都会给她惹很大的麻烦。在慈善机构的蜻蛉和演出时判若两人。即使被呵斥不该让人来这里找她，被负责人避之不及，让孩子感到害怕、以为她是妖怪，她也没觉得不愿意去。即使被辱骂还呵呵地傻笑，如果我想揍他们，蜻蛉都会拦着不让。

被负责人随意使唤，成为不公平的众矢之的，被哭闹的孩子抓着头发打转儿。我真不明白蜻蛉为什么能受得了这些，只能认为她就是为了被看不起才做这些的。我这样一说，她反驳道："不是那样的，大家对我很好。"

我不再去那些常去的店了，也不再去找妓女，只迷恋蜻蛉。

即使没有她的表演，我也每场演出必到。结束后就坐在后门口的石头上玩"折纸机"打发时间，等蜻蛉出来。无论什么时候检索，都没有关于人贩子被杀的消息。倒是经常检索到些国外纷争激化呀，因为海盗导致进口食品价格上涨之类的消息，这让我松了一口气。

蜻蛉出来后，我就会和她一起去吃完工宴或者我们两个人一起去吃饭。当然了，靠我正常的收入是不可能维持这样的生活的，很快就捉襟见肘了。我突然想起可以利用货船帮人偷渡来挣钱，趁着早晨喧嚣忙乱时，多混进一艘小船应该也不会有人注意到。

事实上也的确如此，但出乎意料的是，大多数偷渡的人和我进行的是实物交换。或许他们考虑到无论在货船上还是在即将踏上的新土地，钱都是必需品，那么他们理所当然地会在一切可能的地方削减钱的使用量。他们给我的实物从家具什物到车、房子，五花八门，但这些东西的共同点是都很难换成现金。家具之类的不值钱，想把车、房子什么的卖掉，但又太显眼了，恐怕卖一次就会败露了。

在交换的实物中，最值钱的就是违禁药品了，买的人也不愿让人知道。只是一小袋，最低也能卖到两个月工资的价钱。在信息海洋的假想空间中，能够如此简单地心情大好。但我并不是从给我东西的人那里找客源，而是只卖给熟客。

这样，我在蜻蛉面前一直保持着体面。在她面前，我一举一动都很谨慎，就算出点儿差错，也绝不会让她知道我暗地里搞的那些交易，她或许也想不到我是如此绞尽脑汁地凑出钱和她交往吧。只是如果连续有演出时，蜻蛉也会说些担心我的口袋之类的话，我总是一笑置之，让她别说了，她也就不再追问了。

我的生活的重心就是蜻蛉，这样一来，回宿舍的次数也就少了，基本就住在她家了。作为副业得到的那套房子当然不能自己住或者招待别人，所以就当仓库了。得来的车也只是在白天开开，因为这个时间我认识的人大都在睡觉。尽管如此，也不可能堵住别人的嘴，我帮人偷渡的传言还是慢慢散布开了，没多久我也只好收手了。

风言风语也传到了秋兄的耳朵里。

"在做，是吗？"

"怎么会呢。"

我强作镇定地回答，但心里害怕得不得了。按照秋兄的行事风格，应该早已从船员那里了解清楚了。但我决意继续装傻，天真地以为只要秋兄没拿出确凿的证据就不会受到惩罚。

但秋兄表情微妙，仍不放过我。那就意味着此事已不仅仅是我和公司间的问题。

真是太愚蠢了，我竟然不知道帮人偷渡这种活儿本来就有。所以当我得知自己的所作所为侵害了其他公司的利益时，才知道事关重大，大脑顿时一片空白。即使道歉，被狠狠打一顿，失去工作和住所也解决不了这次的问题了。

看着我脸色都变了，秋兄似乎动了恻隐之心。我把一切都招了，趁同事们去装卸货物的时候，我带秋兄去了我的仓库。秋兄一看到车库里的车和那栋住房，十分吃惊，走到屋内清点了一下我偷偷攒下的全部财物，不禁愕然，似乎改变了初衷。

秋兄立即与上级取得了联系，当即确定了今后的部署。好像是决定付些钱解决麻烦，今后也要进军这一领域。结果，也就暂且不处置我了，而是由我和秋兄及另外两个同事一起去对方的事务所了结此事。

我怀疑他们会不会把我出卖了。就四个人去，感觉心里没底，无论如何也不能和对方平等交锋吧。就说武器，我们四个人一共也就一支手枪、两把匕首、一把藏刀手杖，至少得一人一支手枪才能保护自己吧。

秋兄不由得笑了一下，拍拍我的肩说："放心吧！不会出卖你的，只不过是过去问候一下，四个人就足够了。如果去的人多的话，反会让对方产生不必要的戒心和不信任感。"秋兄在车里这样解释着，还十分放松地打着哈欠，最后说了句，"到了喊醒我。"便闭上了眼睛。

开车的男人一直都是一副不高兴的样子，好像不明白自己为什么要受此牵连，但旁边那个男人恰恰相反，他毫不掩饰自己的兴奋之情，一边哼着歌一边不停地上下摇摆着身子，这个家伙完全是一副前去打架的架势。看着呼呼大睡的秋兄，我心想："一点也看不出是去谈判的样子。"不禁在心里对他骂个不停。

秋兄让司机在车里待命，然后单手提着箱子，带着我们两个人快速走进了事务所。我们就在大约十双眼睛的注视下，不客气地先环顾了一下室内。只有衣帽柜和橱柜威严地立于墙边，再无其他任何装饰性的东西了。我原本以为房间看上去肯定杂乱无章、充满暴发户的感觉的，看到这毫无情趣的装扮，略感失望。我们侧身通过由四张办公桌合在一起组成的大会议桌，被领到了会客厅。会客厅里一张桌子，沙发摆在两边，相向而坐。秋兄坐在沙发上，我和同事则恭敬地站在后面。一个戴眼镜的美男子刚在对面坐下，秋兄就立刻打开"折纸机"中的货币项，并且选定了一个额度。

"请笑纳！"

美男子看了一下数额，立刻推了回来。

"不会想以这个数额来了结此事吧？"

"当然不是了，只是一点心意。"

秋兄面不改色地说道。然后把箱子提到桌子上，让美男子看了一下里面。美男子面露不悦地问道："这是什么？"

秋兄用两个手指夹起一袋白色粉末在眼前晃了晃，说："是这家伙的战利品，全送你们了。"

"开玩笑吧？"

"没开玩笑，绝对没有。"

对方的手下一下子变得杀气腾腾，但秋兄依然非常镇定地说着话："为什么我会有这些东西，或者也可以说为什么那些偷渡的客人有这些东西呢？说明这地方有人在卖，但不是我们。"秋兄向前探了探身子，"我们是不会在这里卖的，我们选的是更远一些、不容易被发现的地方。即使努力让那些地方的人堕落，但最终的收益还是减少了。如果确定没什么前景的话，我们也要在这里卖了，只是现在还没有开始。如果我们开始了，这些来历不明者还能卖得出去吗？如果卖白粉，也应该分我们些好处吧，你说呢？"

"和我们无关。"美男子认真地说完后，清了清嗓子，定了定神儿后又改口说道，"这即使与我们有关，但也没有侵犯到你们的利益吧？"

"无论你们做没做，这都是我们的生意地盘，我们也有我们的战略。"

美男子的手下威慑地走上前来，站在我旁边的同事也蠢蠢欲动，交战似乎一触即发。但双方的头目都抬手制止了，屋内一下又恢复了安定的状态，好像是家养的狗之间的打斗，真令人讨厌。虽然明知道是自己闯下的祸，但还是觉得因此受到牵连冤枉得很。

美男子合上箱子又推给了秋兄。

"偏离主题了，我们想要的既不是钱也不是毒品，是你身后那小子。把他交给我们就可以了事。"

"那不行，交出小弟，我会颜面尽失的，好了，好了。"秋兄劝着美男子，又再次打开箱子，"所以说，何必鹬蚌相争呢？那样只会两败俱伤，谁也捞不到好处，我刚才说了请你们别再追究了，这不是最好的结果吗？"

秋兄又说："这次是我们的人做过火了，所以……"再次示意了一下箱子。

美男子一动不动地看着箱子里的东西，陷入沉思，但可以明显看出他改变了想法。明智的选择。如果比较一下双方裸露在外的伤口，还是对方深一些。出售毒品让吸毒者上瘾，如果因此债台高筑就把他们卖到国外去做工。或者从发誓要和家人一起到国外东山再起的长期吸毒者那里没收极少的一点儿财产作为偷渡费用。也可以考虑进行其他形式的商业活动，但也都是些铤而走险的活儿。所以即使对方的人干些损害自己利益的事情，也只能装聋作哑了。无奈之举。

最终，美男子虽然发了一通牢骚，但还是收下了箱子。终于和解了，我长舒了一口气，同事却明显失望。对方憎恶地看看我，退下了。眼睁睁地看着到手的猎物就这样跑了，心情不难想象。气氛好不容易舒缓下来了，我却突然有种想要挑衅的冲动，于是故意对着他们笑。

其中一个男人冲上来就打我，旁边的同事一下挡在了我前面,似乎一直在等待这一刻。男人被飞来的桌子重重砸在背上，一下闷死过去，扔桌子的同事立马遭到报复，被围在中间殴打。

我和同事之间没有任何交情，看着他被打死倒也无所谓，但我还是决定要仗义相助。不是因为感情，而是为了秋兄的面子。他当着我的面滔滔不绝地说了一番小弟呀什么的，或许没有胜算，但并没有弃我于不顾。如果现在一直傻站着，日后一定得加倍返还的。

我被踢倒在地，抱作一团，但一直在寻找下手的时机。

抬头看时，发现秋兄正被枪顶着，一动也没法儿动，我们穷途末路了。但上司掏出枪就会让手下更加冲动，果不其然，不一会儿一个家伙就兴奋过头地拿起椅子向我同事砸了过去。我顺理成章地从怀中掏出匕首挥舞起来，并且深深刺向自己的大腿内侧，趁着他们胆怯，我喊叫着胡乱挥动匕首，让任何人都无法靠近，又突然一下把匕首架在了美男子的脖子上。

"枪！枪！"

美男子慢慢放下枪，转过身看着手下。

"谁拿椅子砸的这个人？"

其中一个人应声站了出来。美男子推开我的手站了起来，歪着头看着他的手下们。

"因为你，对方自由了。真是所谓知人善任呀！"

美男子阴沉着脸拿起枪，对准瘫倒在地的手下，扣动了扳机。

让人喘不过气来的一声惨叫，未果。

气氛缓和起来，没挨上枪子儿的手下像突然又想起似的，重新开始呼吸，并且抽抽搭搭地哭了起来。

"看，吓唬吓唬他也不错嘛！"

"真是无聊！"我对美男子失望至极。如果杀了手下，要费力费时还费钱，这个手下连这样的价值都没有。当然，秋兄、我，也是一样的。只不过是煞有介事地做做样子罢了。借此来消除一下作为中层管理者的郁愤罢了。事实上，无聊极了。

秋兄两腿发软似的站起来，说："终于解决了。"

这样，作为对公司的回报，我把所有的副业收入全都上缴了。这样一来，就没钱去看蜻蛉的演出了。我申请做剧场的保镖，也被一口回绝了。他们英明地判定，搬不动货物的人是做不了这份工作的。我这样一个只会胡闹的半拉人能干什么呢？但他们同意了给我换工作，派我离开港湾，负责运送走私品。秋兄的目的自然是让我离蜻蛉远远的，早点儿清醒过来。如果不是秋兄，我会立刻冲上去揍他一顿，然后和他绝交。

工作中极少发生动人心魄的事，但也不会让人觉得无聊至极。长时间保持同一姿势，摇摇晃晃地摸索到目的地，但那里也是和出发地一样的寂寥，所以完全体会不到旅途的乐趣。如果硬要说收获的话，那就是知道了与此相隔的特区非常的热闹繁华。曾到过被浓雾隔开的大农场，曾目不斜视地飞驰在高速公路上，也曾到过离东晓近在咫尺的地方，但是并没有什么特别值得一提的产业，非但如此，因为空气和土壤受到污染，所以无论是人还是食物都显得不是很规矩，倒是伪造通行证卖得出人意料的便宜。

东晓的高楼大厦装备着防护面具，淹没在雾霭中，别有一种幽玄之趣。远眺过去，心头不禁涌上某种奇妙的感慨。

在东晓之外艰难度日的老百姓，每天看着这样的海市蜃楼，憧憬着，绝望着，但是东晓人或许压根儿不知道他们的存在吧。用雾膜把从外国乘风破浪而来的污染物质冷却使之落下，得以保证东晓的空气洁净，对这些，东晓人恐怕也不知道吧。

无论何时，无论何地，富裕者都不会去刨根问底，而成为牺牲品的人不仅自己的生活，就连语言都会被榨取，最终被榨干，自己的主张最终会被完全淹没在热闹非凡的噪声中，所以也就不再去作无谓的挣扎了，自己仅仅是运气不好，接受这样的现实，平淡度日吧。

每当看到平静地生活着的人们，我的感情都会略起波澜，乍一看他们的生活状态，总觉得和我逃离的家乡有几分相似，但本质截然不同。或许他们的差别就在于能否认清事情的本质吧。这些人清楚地知道自己和东晓人之间没有共同语言，但是我家乡的人认不清楚这一点，他们还对电视中播放的空中楼阁和政治家的谎言大话心存幻想，对实现不了的事情感到绝望。

往返了几趟后，这样的感受便不再那么强烈了。长时间开车，迅速交易，然后就是小酒馆，周而复始。没时间去蜻蛉那里了，所以也没必要再节约了，不过也没心思去找妓女，虽然知道回去后会很难熬，但也只是喝酒。

所以，工作结束后，晃晃荡荡地去远离闹市的小酒馆已是每天的必修课，在那里我不得不重新审视生存之艰辛。虽然不是每次，但相当多的时候，大家都会注意到我这张夹杂着正义和其他感情的通红的脸，如果不听他们发泄完积压的愤懑之情，我都不能喝醉。或许是不能容忍异己分子闯入这唯一放松舒适的空间吧。哪怕是一丝的不快，大家都无法容忍了，我没有成家，比他们要轻松，但尽管如此也常常无法容忍，参加到斗殴当中。

  偶尔休息，也会因为一整天无所事事而沉溺于酒中，喝醉后，摇摇晃晃地走在落着百叶窗的冷清的商业街上，挨家转悠，喝到烂醉如泥，最后被来上班的酒家女叫醒付账，然后再被保镖踢出来。这就是我的休息日。并不是受了什么打击必须靠酒来麻痹自己，也不是变得多愁善感了，仅仅是因为无事可做才喝酒的。有时候连自己都觉得可悲可叹，但一通胡闹后又全都忘了。

  听说一直暗中观察我的秋兄已经不用"孩子气"，而是开始用"醉鬼"来评价我了。原来的麻烦解决了，终于有一天秋兄把我叫到了跟前。对我来说是工作前，对秋兄来说是下班后的一个短暂的休息时间。他的手下正在作回家的准备，当睡眼惺忪的我一出现在大家面前，屋里原本生机勃勃的气氛一下消失了，大家都对我冷笑。

  "你打算这样开车吗？"

  "嗯，没问题。"

  "我说的不是这个。"

  明白了，是说警察。虽说车是自动控制运行的，但一旦被发现醉酒或打瞌睡，还是会被警察带走的，而且货物也一定会被检查，一旦被查处，工作也就完了。但我知道警察不会在特区以外的地方工作。

  这样一辩解，秋兄立刻命令我看一下新闻报道。"懒得看。"谁都看得出来我是在闹情绪，但秋兄并没有让步。我唉声叹气，不情愿地打开"折纸机",立刻明白了秋兄的意图。

原来是在某农业特区,发生了向梨园空投农药的恐怖事件。为了抓住该组织,特区警察已布下天罗地网,对可疑人员一一进行盘查。而且,多此一举的是,那个逍遥法外的犯罪组织为了炫耀罪行,竟然还在信息网络中发表了声明,这完全激怒了警察。

"我会小心的。"

我简单地说了一句,但完全没有抱什么认真的态度。今天要去的地方就在附近。与警察相比,我此刻想得更多的是梨,突然很想吃梨。平时只是在店里摆放的高级梨,如果价格下降无法出口的话,或许会运到这里来。不,不会的。那样的梨一上市,恐怕连没受侵害的梨的价格也会下降呢。这样冷静地一想,更想吃梨了。

"你在听我说吗?"

当然没听。头很痛,再加上想吃梨,当然听不到秋兄的忠告了。

"对不起,你说什么了?"

"我说回来让你去见蜻蛉。"听到这里,我吃惊得一句话也说不上来了,秋兄继续说道,"所以好好干!"

如果这样,那就另当别论了。绝不能让警察抓住,我精神百倍地上了车,出发前突然想起向秋兄借钱,以备万一被警察抓到时用。

"那可不行,直接给警察钱,只会为警察提供搜查公司的借口。"

"有什么区别，如果调查我手里这些钱的来由，警察自然也会查到该查的地方。"

"那是你一天的工资，不足以证明车上的货与我们有关。"

"如果我坦白呢？"

"你打算怎么样？你应该很清楚怎么做才好吧？"

出发了，因为无聊和挥之不去的酒劲儿，困意马上袭来，换成手动挡再发生事故就太可笑了，干脆打开"折纸机"查一查制造梨园恐怖事件的组织吧，那样还能消磨消磨时间。一按"折纸机"，它竟然不可思议地响了起来。

好像是机器里面有个小人儿在回答我的提问似的。我一问，小人儿就会把我希望的信息检索出来，引导我进一步了解，我专心研究的时候，又会突然提示一些与众不同的信息，而且都绝妙地点中了要害，让我吃惊不已。

具体地说，就是关于池田的消息。我从来没有查阅过池田的信息，离开村子后连想都没有想起过，但"折纸机"突然罗列起他的信息来。我这才知道恐怖事件与池田所属的组织有关，突然间想起自己曾参加过的那唯一一次集会。我不明白"折纸机"是怎么找到池田的，他连该组织最低层的干部都不是，想到这儿，只觉得背后凉飕飕的。

"火红之鹫"是主张撤退并解散在战乱地区或贫困地区的维和部队的，据说向梨园投放农药就是抗议活动的一环。在一个国家观念崩溃的国家，军人不能随心所欲地杀人，所以维和部队又有什么用呢？即便可以随心所欲地杀人，也不过是以无反抗能力的老百姓作为对象，那么军人也就沦为了丧失军人品格的落后者了。而且驻扎维和部队，在治安方面也没取得什么成效，不过是徒有虚名罢了，维和部队只不过是为了维护出口航线安全而设的了。"火红之鹫"的宗旨大抵如此。

我突然想起了参加集会时，被灌入耳中的那首不招人喜欢的歌。这才发现称赞默默挥动锄头的人那一节除了批判大规模的农场经营者，其实还蕴涵着对军队的批判。想到这些，我情不自禁地笑了起来。到现在还在村里辛勤劳作的太奶奶、奶奶如果知道了，会怎么想呢？或许又会快快不乐地说："别说那么多大道理了！"

农场恐怖事件多少也给这个城镇带来些影响，本来就没什么生气，这下更安静了，说一个人影都没有也不为过。连相向而行的车都没有，这样交接货物想必会更加惹眼吧。正迷迷糊糊胡思乱想的时候，对方打来了电话，似乎也有类似的担心。

"今天停止交易吧。"对方开口便这样说。

"现在才说，我已经到了。"

"没办法，今天太危险了。"

"所以就让我们担风险？别开玩笑了！"

"总之今天不行。"

对方说完就挂断了电话。我一时怒不可遏。说什么呢，这个白痴。虽说现在回去，蜻蛉一定在等着我呢，但也不能就这样白跑一趟吧。

打算就这样开车闯进对方的事务所，把货扔给他们，但考虑了一下并不现实，如果引起乱子还得由警察出面解决，那就本末倒置了，应该稳妥地干完工作。

这需要能力，匕首是不够格的，当然，枪也不够。

我把车停在一个安全的地方，打开货物，把里面装的东西尽量往口袋里塞，又坐在地上换上当地人的衣服，慢慢打发时间。找个警察夺把枪去威胁客户倒不是个坏主意，反正就算被逮到了也没什么大不了，但一想到抢了枪支之后就要四处逃窜，我便顿时没了兴趣，所以还是避开警察好了。总之，首先要找到的是——孩子。

终于到了学校放学的时间，孩子们说说笑笑地从我面前走过。我得找一个衣着在某种程度上不好，但也不能过于不好的孩子。我要看一看在自家孩子的成长中发现不了快乐的那些父母。

我选中了一个孩子，跟在他后面。穿过没有汽车的大路，走过灰蒙蒙的商业街，来到一条潮湿的小路上，孩子走进的正是我预期的简陋小屋，远远望去，旁边，再旁边，相似的小屋连成一排。

我在这一带四处溜达，打发时间。飘来的饭菜香味十分浓郁，却似乎不太丰盛——甚至没勾起饿肚子的我的食欲。天渐渐暗了下来，路灯星星点点地亮了。"这里会有那样的人吗？"想到这儿，我不禁有些后悔。真是不可思议，看来相似的城镇也会有所不同。

天一黑,开始有男人陆续从家里走了出来,和住在附近的人碰头后,一起疾步向酒馆走去,似乎有些愧疚但还满怀期待。我跟踪的那个孩子家没有男人出来,所以就跟在附近出来的其他男人后面,去了这镇上最繁华的街上的一家店。

走下窄窄的楼梯,只见走廊尽头处是一家表演脱衣舞的小店,既没有花道①,连灯光也只不过是天花板上照下的蓝、白两色,极其简陋。用透明布料裹住一部分身体的女人以舞台的一根细柱子为轴,漂亮地从天花板上盘旋而下,直至地板,边跳舞边劈开双腿,随着欢呼声的响起,还会抛出带子,再在同一轨道上收回。我根本不关心舞台上的表演,只顾四处搜寻喝酒后兴奋不已的客人,选定目标后就坐到那人旁边,看时机差不多了,开始主动搭话。那男人看着我,皱起了眉。

"干什么,小鬼?你不能来这种地方。"

"是哥哥非把我带来的。"

我装作十分难为情,不往台上看。

"你是不得不陪哥哥一起来的淘气鬼呀。"男子愉快地笑了,把杯子送到嘴边,"真是个没办法的哥哥呀!"

我装作初次喝酒的样子,喝下递过来的酒,而且还做出一副喝醉了高兴得不得了的样子,慢慢讨得男人欢心,乘机套问消息。我想知道这里的治安状况,我从没考虑过要和这

---

① 演员上台的通道,亦作舞台的一部分使用。

个店的头儿建立信任关系，然后把货卖给他，只是推测这里是需要这种货的。

男人确实是这里的常客，但并不知晓全部保镖的情况，仅仅拨开人群告诉我正在点东西的光头是其中之一。知道这一点就够了。

我先去洗手间给秋兄打了个电话，把大致的情况说了一遍。此间，秋兄一言未发，听我说完后，好像吓呆了似的长叹了一口气，只说了一句："我知道了。""我听你的。"我忙解释说。

把"折纸机"连上以后，我就走出了洗手间。一出来，刚好碰上了光头。绝不能错过这个好机会。擦身而过时，我若无其事地亮了亮口袋里的东西，然后向刚才的座位走去，发现刚才坐的位子上已经有人在喝酒了，于是就近找了个位子，无聊地消磨着时间，等着有人过来。果然，光头向一个金发男人指了指我，然后一起走了过来。两个人架起我的胳膊，虽然语气柔和，但不由分说地把我带到了后门口。

"想挣零花钱吗，小鬼？"

金发男人把我摁在门关着的那半边的角落里问道。

"能带我去你们的事务所吗？我不想和你们谈。"为了避免被他们瞧不起，我小心翼翼地吐字发音，"我可不是来挣零花钱的，我是来交易的。"

我从口袋里拿出一小袋，在他们面前晃了晃。不仅对着他们，也对着在后台来回穿梭的演员们，我可不能让他们偷拿走我的货。就算这样，也得加倍小心，所以我故弄玄虚地说道："如果我的生命体反应消失了，装着货的车就会满城乱跑了。如果有人发现车里有这个，警察会马上拥来，你们的事务所也会被彻底清查，那样的话，也会多少有些麻烦吧。"

"我知道，我知道了。"金发男人一使眼色，光头立马打开门，"快滚！这里可不是你说的那种地方，别再来了！"

"哦，是吗？是不是最好让这里的头儿看看呢？"

"浑蛋，找死呀！"

光头怒不可遏，不过这正是绝好的反应。

"如果可以的话，到事务所谈吧，那对我们都好。"

金发男人极其不悦地说："我先问问。"然后就联系了事务所。金发男人背对着我说个没完没了，我想趁机拿出"折纸机"向秋兄请示一下，但光头根本不允许我把手伸进口袋里，真是训练有素。但如果以为我是个孩子而小瞧我，可就太幼稚了，应该要搜身吧，只要知道是否持有枪支，那么就可以大大缩小假象的空间了。

金发男人征得同意后，我们一起走着去了事务所。在繁华的街道上，不时有涂着鲜艳口红的女人上前搭讪，但拐进一个小巷后，就空无一人了，在这里干掉我真是再合适不过了。一想到这里，我不由紧张起来。但金发男人却边走边愉快地说起话来："没想到事务所会感兴趣，真令人吃惊。"

"你不愿意和我们一起干吗？你好像很能干。"

"你高估我了，我，只会惹麻烦。"

"淘气包正好，畏缩不前的家伙还不行呢。"

金发男人看上去还不满二十岁，却不管不顾地把我当成捣蛋的小孩看待。不知道光头是不是反对他的说法，一直一副不高兴的样子，沉默不语。我一边附和着他，一边打起精神、戒备十足地观察周围有没有警察。如果在这里碰上警察盘查，那就完蛋了，他们两个也太大意了。

街灯映出的影子第五次超过了我们的身高。这时，两个人推开一扇玻璃门走了进去。我只觉得身体多少变得有些僵硬，进门前抬头看了看，仅有二楼的灯亮着。黑暗中，我们踏上了铺着瓷砖的楼梯，耳畔唯有皮鞋的动静。金头发敲了敲二楼第一个房间的门。

我把手伸进口袋摸准"折纸机"，用手指摸索着传感器给秋兄发文字信息。

敞开的门缝里露出一缕白光，白光越来越大，正当中坐着一个长着方形煎饼脸的女人，她盘着腿稳稳当当地坐在沙发上。金头发使劲儿伸出脖子向煎饼女行了个礼，然后开始介绍我，旁边的光头厌恶地轻轻咋了咋舌头。

我在煎饼女对面坐下，正打算开口说："马上交易吧！"谁知煎饼女好像早就打好了主意似的，打断我道："我很困，只说要点吧。"我再次调整呼吸，大致说明了一下为什么没和客户交易成，然后又报了一下货物的数量和价格，质量搭眼一看就知道。金头发从我手中夺过小袋儿，放在煎饼女面前的桌子上，光头则拿来了一个小黑盘，把袋里的东西放上。

煎饼女意味深长地笑了笑，问道："怎么办好呢？"

"随您的便。"

"哦，是吗？谢谢！"

我突然被不知何时绕到身后的金头发和光头摁住了，无论怎样挣扎也没用。我喊了起来："干什么？别开玩笑了！"女人慢吞吞地站起身来，像大象一样踱到橱柜前，打开橱门取出了针管。

"必须得确认一下质量呀。"

我一下冒出了许多冷汗，现在这里没有人可以用来检验质量，除了我，耳边似乎传来金头发和光头得意的笑声。

"如果我没命了……"

"不会要你命的，只是想看看你亢奋的样子。"

也就是说亢奋失态的样子及持续的时间与质量是成正比的。

"千万别！"我恳求道，"会引起彼此间的纷争的。"

"说什么呢？你不就是合同吗？连这种精神准备都没有，竟还想和我们来谈生意，真是……"

煎饼女一边"噗噗"地笑着，一边摆弄我的口袋，竟然取出了我的"折纸机"。她把机器放在我不灵便的右手里，我拼命想打开图像，但只是心里着急，手指却一动也不能动，不过最终总算成功接通了秋兄的视频，我哭着央求起来。

煎饼女问秋兄是否能听到，秋兄点了点头。

"不满吗？如果是，请现在说。"

"不要杀了他。"

"好的。数量、价格都没什么可说的。"煎饼女并不看秋兄，只是边一丝不苟地用天平称着重量边答着话，"但是，这个孩子必须受到惩罚。"

我真不明白自己哪里得罪她了，尽可能谦恭地来和她交易，应该没有什么过错的呀，真不明白。我开始大骂煎饼女，向秋兄诉说自己目前的处境是多么的不合情理，但秋兄根本不听我说，只说了句："明天早晨，我去接你。"那口吻好像是要去接保育园的孩子似的。"我等着。"

然后，"折纸机"的连接和救命稻草都断掉了，只剩下了绝望。煎饼女冷静地注视着从针头溢出的液体，金头发和光头则笑嘻嘻地撸起我的袖子。

因为过于害怕，我感觉都快要窒息了，目光却无论如何也不能从扎入左腕的针头上挪开，找准血管的针头穿过弹性十足的皮肤，深深地扎了进去。在整个注射兴奋剂的过程中，我甚至忘记了呼吸，只一动不动地看着，甚至注射完毕拔出针头时，都觉得还没看够。整个房间似乎充满了失落感，一直闹个不停的我，突然觉得有些不好意思。

随后，我被带到其他房间关了起来。房间里藏青色的地毯散发出一股淡淡的铁锈味儿，窗户上镶嵌着碳素格窗。一看就知道这间屋子是干什么用的了，真不是个让人舒心的地方。关窗时，突然想如果玩会儿"折纸机"，或许能调节一下心情吧。

我把"折纸机"又折成飞机的形状，把手指伸在格窗中，让飞机飞了出去。夜空下泛着银光的飞机按照我的指示前后、上下、左右地自由盘旋，让往右就往右，让往下就往下，前、上、左也都一样，完全按照我的指示，像个傻瓜一样。

对，傻瓜。傻瓜。操作飞机时，突然觉得很可笑，情不自禁地笑了起来。如果手指按向右的键，飞机就向右，我的眼珠也会跟着向右看，是我在指挥飞机呢？还是飞机在指挥我的眼睛呢？眼睛把它的操纵者——飞机——的信息输送给大脑，大脑又对飞机的操作作出指示，周而复始。想着想着，我的脑子成了一团糨糊。突然想把多余的部分全都去掉，只留下主干部分。

受暴露在外的主干部分的影响，手指和飞机的行动稍有偏差，感觉似乎就相差万里，甚至连背景灯闪几下都能准确无误地数出来，或许现在就是死了，也能自由地四处行走吧。

隔壁传来的说话声萦绕耳畔，三个人玩扑克的样子鲜活地呈现在眼前，好像他们就在跟前一样，脑海深处还停留着金头发拍马屁的样子，挥之不去。听着翻牌声和叹气声，我就能说出牌的张数，判断出是谁在叹息。不仅如此，甚至已经可以准确目测出飞机的飞行区域范围了。这种敏锐的感觉令我愕然，自卖自夸得连自己都觉得可笑得不得了。

笑时呼出的气让我的脑袋嗡嗡作响，心里好像积攒了许多的话，多得令我眩晕，索性一骨碌上床，仰面躺下了。我看都没看飞行的飞机，只是凭感觉让它返回，果真准确无误地落在了我的肚子上。

要说身处藏青色和灰色混杂在一起的黑暗之中,是不可能看到天花板的,但我看得见,眼睛来回看着像猫的背部一样的褶皱以及如同女人喉咙一样的污垢,突然觉得像一幅画,似乎伸伸手就能够到,但懒得伸。

不知不觉中,一阵让人恐慌的倦意袭来,但感觉依然敏锐,听到的声音让耳朵发痒,皮肤能够感觉到地毯上的每一根毛,我控制不住地呻吟起来。

当有一处东西让人生厌时,很快所有的东西都会让人生厌了。我一把打落肚子上的"折纸机",开始挠起了全身,连头发都让我厌烦不已,但也不能全拔光呀,只好摆弄刘海儿,折腾着折腾着,感到累极了,不知什么时候就睡着了。

睡醒后反而觉得更疲惫了,都懒得起身,深深吐出一口气,竟然感觉脖子和后背难以置信的沉重。因为没劲儿,所以就那样一动不动地发呆,突然听到了开门声。

"走了。"

身后传来秋兄的声音,转过头看了看,站在秋兄前面的煎饼女好像是为自己辩解似的说道:"好像是很敏感的体质呢,不过上车睡会儿应该就没事了。"

我遵照吩咐,回去的路上睡得死死的,连个梦都没做。不知道什么时候交的货,虽然我这个好不容易才促成交易的当事人被搁在了一边,也没心情去生什么气,当然,也没有时间去后悔跑到那个事务所,只是躺在车上被颠来晃去。

被秋兄喊醒后,我才知道已经回到自己住的地方了。真是太贪图眼前利益了，原先慵懒的身体也一下轻松起来，就连层层叠叠的乌云，卷着尘埃的海风，也让我感觉是那样澄明。

我在车库前伸了个大大的懒腰，看着秋兄的背影，越来越强烈地感觉到自己确实是回来了。出门在外时完全没有的感受，真是精神百倍呀。虽然刚过正午，但因为充足的睡眠和解放感让我无法自制，晃晃悠悠地开始四处闲逛了。无论是喧嚣过后的市场，还是为了即将来临的夜晚，此时屏住呼吸、蓄势待发的娱乐街，只有放学途中的孩子正随心所欲地走着。其中，也有和我年龄相仿者。"这样的风景也不坏呀。"我竟然没头没脑地这样认为。至少比在充满血腥味儿的屋里的混混沌沌好多了，我想象着自己在家乡耕种没指望的田地的样子，突然间特别地想念小白。

边想着这些事情边往前走着，突然在拐角处碰到了阿稔，他还带着一个女人。慌乱中突然向阿稔打起了招呼。阿稔和我不一样，看上去已完全忘记了家乡的一切，活脱脱是个港湾男人的派头了。

阿稔似乎没想到我会跟他打招呼，所以只是忙乱地轻轻抬起右手回应了一下。怎么能这样！可恶！我一下后悔起来，不该向他打招呼的。正打算赶紧走的时候，阿稔却又犹犹豫豫地主动说起话来，所以我又停下了。

"什么事？"

"你知道你家人的事吗？"

"不知道呀。"

听了我的回答后，阿稔说了句："不知道也好。"随即和女人一起拐弯去了。

我突然想起昨天一天都没检索信息，打开"折纸机"一看，立马明白了阿稔说的是什么意思。检索到的最重要的信息就是"火红之鹫"组织成员的名单，我家人的姓名列在其中，当然，也有池田的名字。

我反复看着画面上的文字，心情复杂起来。因为被认作是杀人犯的家人，所以他们没法在村子里生活下去了，或许应该感谢向我的家人伸出援助之手的池田吧。但话说回来，就算那样在村子里待着，也是活不下去的，这一点是明摆着的，所以我也没必要对家人愧疚。而且，对人贩子下手的也不是我，是阿稔。我不是杀人犯。如果家里人认为我是，也只是他们的主观臆断罢了。现在心中这种复杂的感情到底是什么呢？对小白、太奶奶、奶奶、妈妈、池田、阿稔，我都有怨言，直至今日才明白自己这种不确定的感情，原来只是不快。所以，我打定主意今天尽情地躲进回忆之中，自此以后再也不去想了。

秋兄按照约定，第二天让我休息。但为了监督我，他也一起休息。当我得知这一消息时，感到很讨厌，不过如果能见到蜻蛉的话，还是可以忍的。

蜻蛉那天服务的慈善组织要举办义卖会。我也想给蜻蛉帮帮忙，拿点什么东西去，但在这种鱼龙混杂的"百人宿舍"，压根儿找不到可以带去慈善义卖会的东西。所以打算顺路去商店找找看，但不知道买什么好，最终还是空着手去了。

蜻蛉负责的是托儿所,许多孩子四处乱窜,混乱不堪。今天临时来帮忙的人的孩子和专职工作人员的孩子集中在一起,比平时更难管了,但大家都愿意去负责外面的义卖会,所以蜻蛉忙得不可开交。那些专职工作人员的孩子对今天临时来帮忙的人的孩子施以暴力,发泄着在家庭中积压的郁闷。

虽说是慈善机构,但真正拥有慈善精神的只是很小一撮人,大部分人只是失业时央求来这里的,这些无能之辈唯一的可取之处就是幸运,她们在充满尿臊味的家里,怀上了不知是谁的孩子,无计划地乱生,今天也只是为了因激发起的情欲而生活在一起的丈夫的酒钱才来的。这些人连自己的孩子都管不了,更别说是主动看护别人的孩子了,他们可不是那种值得敬佩的人。所以,艰难的地方就留给了确实有慈善精神的人,她们只去轻松的地方——义卖会。一天到晚看着这样的父母的孩子是怎样长大成人的,就不难想象了。也就是说,在这个四面被海、山林和农业特区包围的差劲城镇中,无论是依赖慈善机构生活的人,还是在机构工作的人,包括他们的孩子在内,都是毫无差别的。

一个流着鼻涕的女孩儿把黏土粘在了一个男孩儿那光泽十足的头发上,把男孩儿弄哭了。萨奇发现了,赶紧跑过来,仔细地清理干净男孩儿头发上的黏土,那个女孩子好像在说"不准破坏我精心制作的艺术品"似的,冲上去踢萨奇的后背,萨奇一下趴在了地上,孩子们哄堂大笑,嘴里喊着:"笨女人!丑女人!"但萨奇依然笑眯眯的,一点儿都没有发火。这下,这群小鬼更起劲儿了，其他孩子觉得她被推倒的样子很有趣，都欺负起她来。

在萨奇经受这帮小鬼的私刑时，蜻蛉正在别的房间给婴儿换尿布。

"不用制止那边的惨状吗？"

她一边擦着婴儿的屁股，一边说："没事儿的。这也是爱的一种表现。"

"是吗？"

正在房间角落里拿积木砸女孩儿玩的阿胜突然看到了正挨欺负的萨奇，他不动声色地走过去，踢散了那些孩子。阿胜长得不是很高大，但抓住别人的头发拉着到处转还是没问题的。刚才还在欺负萨奇的淘气鬼们瞬间逃得七零八落。

"真是个出人意料的小鬼呀！"

我漫不经心地从远处看着独自一人捶打萨奇腹部的阿胜，称赞道。从隔断上方可以听到弯腰捂着肚子的萨奇发出呻吟声，蜻蛉对我的说法表示赞同。

过了一会儿，萨奇已经管不了阿胜了，靠墙坐了下来。

"太差劲儿了，笨女人，起来！"

"对不起，已经体力不支了。"

萨奇此时说话的声音非常柔和。平时，即使是在喧闹的地方，在隔壁房间都能听到她那高亢的声音。

"别说话了，笨女人，都听腻了！"

"真是个好孩子呀，阿胜。"

"住嘴，我心情不好，安静些！"

隔着隔断似乎也看到萨奇笑了笑。

"要是再改改说话的方式，就更好了呀。"

萨奇认真的口吻，让阿胜似乎很不好意思地低下了头，一言不发。这话是真的，还是哄孩子的？竟然讲给一个什么也不懂的淘气鬼，我既吃惊又感到可笑。到处是孩子的争吵声、哭闹声，萨奇和阿胜就那样倚着墙一直发呆。

突然，一个拥有正规的保育员资格、眼睛上挑的女人闯了进来，好像是为了专门来打破这种平静似的。她训斥起一直靠墙坐在地上的萨奇。萨奇很害怕女人强势的口吻，低声道着歉，声音小得我几乎听不见。她赶快站起身来，但女人并未住嘴，一边炫耀着自己的资格，一边骂萨奇没用，随后命令道："自己把这儿打扫干净！"女人真是不知道阿胜赶走那些欺负萨奇的小鬼后，气氛是多么的和谐呀。我向蜻蜓一说，她立即反驳道："没有的事。"

"她知道的，她只是羡慕萨奇。"

再一看，萨奇已经从储物柜里拿出了拖把，拖把头一下撞到了一个孩子，惹人厌烦。反手提着的水桶又一下撞到大腿上，还愉快地晃了晃，发出"咣当、咣当"的声音。孩子们埋怨着嫌她烦人，女人咂了咂舌头。无论如何都看不出萨奇有令人羡慕的地方。而且，萨奇因为惶恐不安，眼睛一直看着别处，出门时，又一下被推拉门上的轨道绊倒，趴在了地上，弄出了更大的动静，让大家更不得安生了。

当然，管起孩子来，还是有保育员资格的女人驾轻就熟，她拍拍手让大家注意，然后命令大家开始画画。被好好调教过的孩子们虽然看上去多少有些不太情愿，但还是老老实实地服从了。发下草纸后，一下变得出奇的安静。她非常精通一点，那就是一直盯住某个家伙，然后再驯服整个群体。

无事可干的我实在坐不住了，就去了隔壁房间，从女保育员那里拿过一张草纸，加入孩子们的绘画活动中。我画的全都是库拉游击队，并不是特意为了取悦这些孩子，但教养相对好些的小鬼会盯住我的画不放。不过，库拉游击队好像在他们中间已经不流行了。他们一再地说着其他的英雄，我只是静静地听着。这些小鬼乘机让我画他们说的那些，我瞪着这些淘气鬼，把每一张画着库拉游击队的画都撕成了两半，扔掉了。我是为了让他们明白，我不是为你们而画的，教养稍好的小鬼们立刻老实下来，不敢再靠近我了。

和他们不同，教养不好的孩子连瞧都不瞧一眼我的画，专心致志地对着自己的草纸。要问画了些什么，虽然女保育员让画的是自己的家人，但纸上涂满了黑色，横躺着一个像人的东西但鲜血四溅。女人问是什么，这位把画布涂成黑色的前卫画家说是夜晚结束工作的父亲回到了家中，全家终于凑齐了，但因为没开灯所以看不到。之所以能画出如此令人不安的画，他们骄傲地说：“那是母亲被醉酒的父亲打时，从嘴里喷出来的东西。”其他的淘气鬼也都画的是大体类似的东西，像一家三口在蔚蓝的天空下手拉手的画一张也没有。最好的也只是和母亲手拉着手的孩子思念着关进监狱的父亲。

把婴儿哄睡后的蜻蛉一进来,屋里的气氛一下僵住了,烫伤溃烂的脸让孩子们十分恐惧,保育员女人的脸上闪过一丝讨厌的神情,但什么也没说。

在这些孩子中,只有阿胜轻快地跑到蜻蛉身边,骄傲地给她看自己的画。整个画面布满了红、黄、绿等各种颜色的线。我完全看不出来他画了些什么。蜻蛉弯下腰问画的是什么,阿胜回答说:"爸爸为了不让我看到妈妈和别的男人光着身子搂在一起的模样,特意捂住了我的眼睛。这是被捂住的眼睛里闪烁着的光。"听说这是阿胜对父亲最后的记忆,被父亲领着买东西回到家时看到的这一切。我认为当时父亲的职责不应是逃避,而是应该冲上去杀了他们。

"嘿!"阿胜粗鲁地喊着蜻蛉,"我爸爸来过吗?"

蜻蛉摇头说没有。阿胜露出失望的神色,使劲儿摇着蜻蛉的肩膀,迁怒于她。紧接着又追问了几遍,蜻蛉的回答还是一样。

听说阿胜的父亲以前和我一样钟情于蜻蛉,经常去看演出,为她的表演痴狂,并且还从妻子那里抢走生活费,不断地给蜻蛉买礼物,也就是在那个时候正好撞上了偷情的妻子。女保育员有气无力地解释了一番,所以阿胜不怕蜻蛉。

"嘿,如果我爸爸回来了,你们可以结婚,我同意。"

"如果那样,你妈妈岂不觉得孤独了?"

"放心吧,妈妈早把他忘了。"

"我知道了。"蜻蛉微笑着说,"如果我愿意的话,我们就结婚。"

"是吗?"阿胜好像很不服气,但最终还是妥协了,"这样看,你还是个大明星呢,还有比我爸爸好的人吧?"

"我也不知道到时候会怎样。"

蜻蛉说完后打算使劲抱抱阿胜,没想到这个说话故作老成的小鬼竟然蛮横地拒绝了蜻蛉的好意,反而主动搂紧了蜻蛉的头。

"我爸爸就拜托给你了。"

这种可爱的场景让我忍俊不禁。两个人同时看向我,我连忙说:"对不起!"面部表情也缓和下来,和小白差不多大小的小鬼抱着女人耍赖,真是让人看不下去呀。再过十年,或者这小鬼提前出生八年,一定是个强有力的情敌哟,想到这里,我不禁又笑了起来。

秋兄好像一直在偷窥似的,走进来对我说:"义卖会开始了,去看看怎么样?"

我对义卖会完全没有兴趣,我是为了见蜻蛉才来的,但蜻蛉一个劲儿地催促我去看看,所以我也就极不情愿地去走个形式了,可谓身在曹营心在汉。

到院子里一看,一排排的座位上摆着的都是破烂儿,来回转悠时,几个看上去疑似假扮客人的男女几次三番地向我搭话,或许是趁着这次活动来推销东西的某个组织的底层人员吧,也可能是把这当成一次赚钱机会,精心打扮前来的流浪者。离这里近在咫尺的地方，某个宗教组织正在以和这里差不多的阵容施饭。援助者是右派和左派两个截然不同的派别，但在这里，派别不是问题。选举时之所以对立说到底是因为赞助费的关系，他们可不具有像池田那样的无聊理念，这也是整个城镇的思维方式，只要能变成钱就行。所以，曾经对我拳打脚踢的美男子的部下也毫无芥蒂地向我打招呼，拼命向我推销违法改造的"折纸机"。

"这个，无论怎么花，钱一分都不会少，可是万宝槌哟。"

"这么危险的东西，谁会买？"

我虽然不知道以前怎么样，但出纰漏只是个时间问题。

"没关系，放心，放心好了，这个钱本身也是虚构的。"

"都用它干过什么？"

"这个，没人告诉我。"男人有些不好意思地耸了耸肩。肯定是把那些幻想发财的人骗得连一滴血都不会剩的鬼把戏。

我断然拒绝了，但我们俩似乎都觉得是个交流一下的好机会，开始你一言我一语地聊起各自知道的信息。但都不外乎是对上司、公司的或褒或贬，而且最终都归结到了暴力问题上。我夸张地描述了一番自己被秋兄弃之不顾，被注射毒品的事；男人则骄傲地讲了一番总公司的人在东晓杀了某大政治家的事。

"是资金关系上的总公司和分公司吧？"

"怎么会呢？是交杯结盟的正经父子哟。资产关系嘛，只是占很少一部分。"

据说前来委托杀人的人就是想要诱发选举。或许倡导革新的现任内阁中,有人担心不能掌握实权吧。管他呢,但一想到未来,我还是郁闷,就连在这个小机构工作的蜻蛉,也有不得不受政局牵制的地方吧。走私也会更难做了,地方上虽然捞不到特区的好处,但也会虚张声势折腾的。

把这件事报告给秋兄也不错呀,终于有了回托儿所的借口了。我和美男子的手下一分开,就马上兴冲冲地赶往托儿所了,正要开门时,一下呆住了。

这是一幅多么温馨的画面呀,蜻蛉温柔地看着孩子们,秋兄紧紧靠在她旁边,一个劲儿地傻笑。原本害怕蜻蛉的孩子,因为有秋兄在旁边似乎也不太害怕了,一起笑着。看到这一幕,我一下明白了:对蜻蛉来说,无论是我还是阿胜的父亲,都是一样的,仅仅是不同的情欲对象。

惊呆的我好像在走廊里扎根了一样,一动也不能动了。只看到那幸福时光在流转,因为孩子们害怕,所以蜻蛉一直保持着笑容,但突然笑出了声,结果孩子们更加毛骨悚然。秋兄为了安慰大家,伸手去摸了摸蜻蛉的脸,孩子们纷纷仿效,战战兢兢地伸出手,其中一个孩子不仅摸了一下,还轻轻地上下来回抚摸了一下。

"看,不害怕吧?"

孩子们一边说着"害怕"一边撒着欢儿闹开了。阿胜不在其中,他正在房间角落里画画,在我画的库拉游击队上,又画一些曲线,如同疼得满地打滚的蚯蚓,看来他是要把我的画彻底毁掉。保育员女人正忙着照顾其他孩子,她是第一个发现我的,大步流星地走过来打开了门。

"在这里干什么呢?"

我绷着脸,半天挤出一句:"没什么。"然后强作平静地走到秋兄身边,把从美男子的手下那里听到的事情告诉了他。秋兄一听,马上收起笑容,视线在空中游离了几秒钟后,一边开着"折纸机"一边向门外走去,始终没有说话。

萨奇好像是要换班了,拖着拖把,拎着水桶回来了。她的脸上、额头上多了些炭灰似的污垢,刚刚出去时可没有。蜻蛉忙走过来,用手帕细心地替她擦拭。

"谢谢。"

面对像天使般单纯的萨奇,蜻蛉有些胆怯。我理解她的心情,或许换作我,也是同样的反应吧。所以看到萨奇从呆若木鸡的蜻蛉身边走过,把卫生工具收进收纳柜时那副悠悠然的样子,总觉得很好笑。特别是无论如何都塞不进去的拖把倒向萨奇,把柄倒在地上发出清脆悦耳的声音时,我难以自制地大笑起来。

一切都是那么和谐,只有保育员女人显得更加狂躁了。

"蠢货,快收拾好!"

萨奇气得眼泪都快流出来了,大声吵了起来,空气转瞬间就凝固了。只有阿胜像没事儿人一样站起来,悄悄走到保育员女人身后。我正纳闷他要干什么,只见他立起脚尖准确无误地踢向了女人的屁股缝。

保育员女人一下痛得连气都喘不过来了，蹲在那里，而阿胜则若无其事地回到刚才待的地方，捡起画纸，很害羞地拿给萨奇看。萨奇反复看着保育员女人和阿胜，不知该先斥责阿胜干了坏事还是该先表扬他的画。幸好蜻蜓替她解围，警告阿胜说："不可以踢老师的屁股哟。"

"讨厌，丑八怪！"

阿胜骂完蜻蜓后，又立刻转向萨奇让她看自己的画。或许萨奇还是觉得不妥，于是俯下身子，换成她特有的严厉表情，说道："快去道歉！"

"不！"

萨奇又接连督促了阿胜好几遍，但阿胜坚持不让步，萨奇也拿他没办法。"别做那么无聊的事了，还是看我画的画吧！"阿胜再次送上画，他的顽固让萨奇不知所措。

"阿胜明明是很好的孩子，为什么总是干坏事？"

"闭嘴，丑女人！"

"你再这样说我，我可就伤心了，别再说了哦。"

"再说蠢话，我就杀了你！"

最终还是那个被踢了屁股的保育员女人替束手无策、眼圈都红了的萨奇解了围。"行了，行了。"女人似乎完全忘记了阿胜的存在，说完后就立马换上一副笑脸，和其他孩子玩去了。

阿胜看上去并不在乎保育员女人是否原谅了他，仍在央求萨奇看他的画。"画得很好呀。"被萨奇这样一说，阿胜害羞地笑了。

"嘿，丑女人。"阿胜立刻变得很认真地说道，"我，要和你结婚！""谢谢，如果阿胜长大了还这样想的话，我们就结婚。""我，绝对不会像父母那样移情别恋的。"

"移情别恋"，听到这个词，我笑了起来。萨奇略显难过地皱了皱眉。我理解她的心情，可就是控制不住。蜻蜓用胳膊肘捣了捣我，可我还是笑个不停。很明显，阿胜为了吸引萨奇，竟然利用了家人的弱点，小孩的刚强真是出人意料，这一点，我在小白的身上就认识到了。如果萨奇对阿胜不加理睬，那可就太可怜了。我正担心着，发现还好没事儿。

不经意间想起了小白，突然很想知道从昨天开始又有了什么新进展，必须得查一下。打开"折纸机"找到了最新的消息，查阅了一下统计资料。"折纸机"显示出偏差标准分布图以及一系列的数据资料，最后统计出信息的准确度为"80"，精确度为"50"。我有一种不祥的预感，精确度为"50"，没有问题。令人担心的是那个显示为"80"的准确度。只有两成的不准确信息，假的。这一点绝不能置若罔闻。但全都当做假消息对待的话，又有些夸大其词了。里面应该有不为人知的新信息或绝密信息,这样想比较理性。在这两成的信息当中，把具有倾向性的诸条信息的重点内容一一摈弃，又进行了二次检索。

等待查询结果的时候，我又开始着手查询另一件事——平时全然不感兴趣的政治。如果不提早了解一下某大政治家被害的原因，就有可能浑然不觉间踏上危桥。

事情起因于首相提出要废除特区的一部分特权，实现自由往来。对此，那家伙说了以下的话："经济不景气时，必须得向一部分有能力的人、一部分地区施与特权，弃其他而不顾，但现在到了最后期限。为了进一步飞跃发展，必须要更多的人参与到经济活动中。"如果问为什么，那只能是因为随着总集团的壮大，经济规模也在扩大，出现更多优秀人才的可能性也增大了。我认为这应该是个非常常识性的意见，但具有此种国家观念的恐怕只是一部分政治家吧。大部分国民都被灌输了"国家是独立于国民之外的存在"这一思想，国民认为他们是可以与国家自由立约的，当然，那些通过了严格考试的优秀选民们也是这样认为的。而且，特区的契约内容同其他地方都不同，现在一旦单方面宣布解除，特区的人当然是接受不了的。

"真是匪夷所思的笑话。"我认为。到底是哪个家伙在经济不景气的时候，拿出国际准则为挡箭牌，弃国民、国家于不顾，改定适合自己的规章制度呢。如果认为轻易就能让国民驯服，完全不把国民当回事儿的话，反而会被小瞧。但查阅了一下当时的状况，发现当时国民轻而易举就被洗脑了，让人觉得就算被小瞧了也活该。

最近到处都传播着国家富强了，国民生活就会改善的美丽传说。我对此是连想都不敢想的，反正稍微想想就会明白，那些关乎国家安泰繁荣的责任本不该由无知的国民——例如我的母亲、太奶奶、奶奶、池田这些人——来承受。就是这样的国家体制导致了国民自愿献身的战争。如果一个国家会让思维、思想自由的国民自杀的话，恐怕该称之为"即刻国家"才对。同意被剥夺生存权的只是那些思想受到统治的军人，他们接受过训练，被评定为合格，是不同于人类的非人类。

反对废除特区特权的人当然提出了这一点。这个世界应该是国家为国民服务，国民享有这种权利，也就是说如果在某处看到了那些将生死置之度外的规矩人，也权当看不见好了。如果不这样，就进行财富的再分配，给国民提供均等的服务，这压根儿不可能。

所以，称此次杀人事件正是为了阻止改革，纯粹异说。或许也有人说这次纷争已经波及作为特区优惠政策的受益者之一——港町，这倒是千真万确。这里不存在高尚的思想，只有像我们这样即使贫穷，还可以吃饱喝足的人和像慈善机构的负责人一样在贫穷中喘息挣扎的人。不过，说我们组织和执政党有千丝万缕的联系，反对改革，而慈善机构接受了在野党支持，支持改革的说法或许是异论。

因此，极力标榜国民、国家观念的政治家们是最不可信赖的了。嘴上说为了他人，却把他人卷入纷争。这伙政治家说到底只是为了自己，才忠实地执行和国民签订的契约，并且会最大限度地中饱私囊。如果不为自己的利益，国民则成了他们怀疑的对象，为什么广大国民就没发现这点呢？

最终，这场纷争陷入了泥潭。港町的枪声不绝于耳，只有勇敢的孩子们继续上学；沉着冷静的主妇们继续送孩子上托儿所。早晚有一天会有人考虑到利用他们的，只是时间问题。

我依旧尽量避开生命体反应，轻松地继续从事走私，所以压根儿没想到港町已乱成了一团。发现这些，源于偶尔碰上一具随意扔在路上的主妇的尸体，购物袋还挂在她的左臂上，尸体旁有把枪，不远处还有一具尸体，像某个看上去眼熟的同事。

我从车上下来，看着两具尸体，突然从岔道上冲出来一个好像喜欢瞎起哄的胖女人。我什么都没问，胖女人就主动说道："几小时前，这里响起过枪声。"也就是说，这人死了几小时了。

"怎么样，可怕吧？"

女人粗鲁地说完后，好像怕招来什么麻烦，匆匆忙忙地逃之夭夭了。为了把车开过去，必须得把两具尸体拖到路边去，尸体比预想的还冰冷僵硬，费了好大力气才把它们搬开。我又搜罗了一下他们的衣服，找到了两人的"折纸机"，无论我怎么摆弄，失去主人的"折纸机"都纹丝未动。

如果信息库中还有生前的数据指示的话，那就只不过是个破烂儿了，如果没有，那这个存满个人信息的东西或许还能充分利用呢。这对于一直后悔用林藏的名字登录身份证的我来说，是个千载难逢的好机会。我把两个"折纸机"往口袋里一放，就发动了汽车。但转念一想又停了下来，我决定把尸体扔到海里去。

载着尸体，借口忘了带东西又返回了仓库。委婉地从同事那里打听到千野现在正好在电子垃圾场。如果在那里，调出数据资料的工具也齐全。谢过同事后，我心急火燎地驱车赶往电子垃圾场，沿途把尸体扔到海里。

电子垃圾分解场弥漫着一股异味，冒出的烟让人的视线都模糊了。在那里，千野既没戴防护面具也没戴手套，正从卡车车斗里往下卸新垃圾。秋兄则坐在驾驶座上，也不帮千野的忙，叼着烟呆呆地望着天空，一看到我，马上就跳下了卡车。

"工作怎么样了？"

"还来得及。"

说完后，我没再理会秋兄，闷头去帮千野干活儿。我爬上车斗，往下扔破烂儿。真是令人愉快的简单作业呀，不同于割水稻，只是时不时地从机器中漏出来的有毒液体让人不快。"别碰它们！"被千野提醒后反而更不快了。

终于卸完了车斗上堆积如山的破烂儿，可以开口说出自己的事儿了。千野两眼放光地应承下来，以至于我差点儿因为他过于热衷的态度而产生怀疑。

我把两个"折纸机"递给他，他像称重量似的放在手上掂了掂，说了句："这个不能用了。"随手就把同事的那个扔在了电子垃圾山上。

"你怎么知道？"

"我呀，稍微一掂量就知道了。"

千野从车上下来，依然走向上次带我去的那个地方。还是依旧向那个挥舞着木槌的白胡子老人打了声招呼，就进了里面的小屋。我跟着进去了，秋兄也跟了进来，其实他没必要跟来。

千野把那个主妇的"折纸机"和自己的连在一起，确认数据资料尚未消失后，立刻展开了主妇那个层层叠叠的"折纸机"。

千野把它按在桌子上一边展平褶皱，一边问我："只要现在里面存的数据信息吗？这个人的品格部分怎么办？"

我想要的只是这个死人的身份证和财产，品格之类的不需要。但也找不到特意删除掉的理由。我这样一说，秋兄插嘴道："你打算变成个女人吗？"

无论何种途径，这样的"折纸机"无疑都是违法的。如果两台"折纸机"的差别仅仅是东窗事发的时间不同，我宁愿舍弃林藏之名。看到千野停了下来，我说："没关系，继续！"然后打开自己的"折纸机"，放在了桌子上。

"如果改写内容，那属性也就变了，可以吗？在此之前接收到的信息就会接收不到了，但会提供与以往不同的信息。"

这可比较棘手，这个"折纸机"已成了我的影子，我央求千野能不能别改写"嗜好"这一项了，他说："不改写的话，就改为追加人格的形式吧。"

"你是说以前的名字不能完全删掉吗？"

"即使改写也没用，我以前就说过，一次输入的数据资料不可能完全删除的。"千野开玩笑似的耸耸肩，"如果不喜欢，应该一开始就用假名字的。"

到底是没敢说出："突然想出的假名字是最差劲儿的。"如果用本名的话就更麻烦了，我只能苦笑了一下。

"尽量让以前的名字别那么显眼了。"

"好的，我明白。这下你就成了双重人格了，没关系吗？"

没办法，我想要的只是名字和钱，不想要的就权当看不见吧。总之，每次核对资料信息时，都不用再被喊为"林藏"了，如果还能拿到眼前这些钱，那就更好了。

千野用专用的黏合剂把我和主妇的"折纸机"合在一起，并且把它们摞着折了起来，然后，由我的"折纸机"发送信号，使两个同化，太简单了。我接过合二为一的"折纸机"，脱口问了一句："就这些吗？""是的。"千野冷冷一笑。

就这样，"小池林藏"这一身份就退居二线了，我重新拥有了"木崎榭伊拉"的身份。她有相当数额的钱和一小块土地。看着我沾沾自喜的样子，秋兄好像想说什么，但最终什么也没说，只是一直皱着眉头盯着我。

拿到了新的"折纸机"，空气污浊的分解场也没什么活儿要干了，于是我迅速地离开。在车上输入目的地后，就打开更新后的"折纸机"来消磨抵达前的这段时间。里面存储的全都是些温泉呀、高尔夫呀、海底旅行之类的富裕阶层喜好的娱乐项目，我深感意外。在落寞的港町某处，还生活着这样的富裕阶层吗？

受好奇心的驱使，我继续查询，逐渐了解了榭伊拉的身份来历。她果然不是这地方的人，是因为搞婚外情几个月前刚刚和别人私奔到这里来的。对方男人是个为了自己出人头地，指示她杀人的穷凶极恶之人。她做尽坏事的下场就是最终把自己也变成了冰冷的尸体。肯定是轻而易举地就被男人"干完这次，我们就一起远走高飞"之类的甜言蜜语骗了吧。

她之所以会和如此没用的男人私奔，很可能是鬼迷心窍了，但最后起到推波助澜的作用的，似乎是得知了自己的丈夫是"火红之鹫"的成员这件事。我猜应该是这样：当木崎知道自己的丈夫负责农场恐怖事件的后方支援工作，并且还进行作战准备的协商工作后，她向那没用的男人说出了自己的烦恼。

所以木崎的"折纸机"中也存有"火红之鹫"的信息，我以木崎的"折纸机"为主导机，积极地进行了检索，更加确认了义卖会那天得出的结论是多么的接近事实真相。

小白的视力正在一点点下降。

得知是因为营养失调而引起的疾病，我如坐针毡。现在我的口袋里有几个钱，能带小白去医院看病。我想立刻原路折回，去找小白，但必须得拼命忍住，我必须稳稳地完成我应该完成的工作。

男客户看了看由我的"折纸机"发送过去的收据，笑着说："小伙子，你怎么变成女人了？""不，不是那样的……""明白，明白这种事。"男人亲热地拍了拍我的肩，"干什么坏事了？"要照平常，这也不过是付之一笑的玩笑话，但现在却让我大为光火。但这也属于工作范畴，如果稍有厌恶之嫌，那我的工作也就到此为止了，所以，可能当时只是表情僵硬，但绝不会流露出烦躁的情绪。一上车，立马改为手动操作，以最高限速向小白生活的"火红之鹫"飞驰而去，与其什么都不干，倒不如自己开着车能使心情平静下来。

"火红之鹫"所在的城镇和以前池田带我去参加集会的那个城镇，似乎有某些相似之处。或许因为已是傍晚时分吧，错落不齐的旧楼房看上去污浊暗淡，连映在地上的影子看上去都很污浊。慢腾腾地驱车驶过，来到了位于横穿城镇中心、地处郊外的"火红之鹫"，它的占地大概得有周边住宅的四倍大，默默横亘于此。

正打算直接开进去，正好有一个和我母亲年纪相仿的中年女人要出来，所以我就直接拜托她去喊小白。中年女人一听小白的名字，明显警觉起来。

"您是哪位？"

"我是小白的哥哥。"

"那孩子没有哥哥，请回吧。"

"别胡说了！快把小白交出来！"我对着中年女人胡乱喊叫起来。不一会儿，听到动静的组织成员陆续从里面跑了出来，我瞬间就被包围了。大家无一例外地向我投来鄙视的目光。我气昏了头，对着起哄的每一个人，搜刮出我所能想到的所有语言使劲儿骂他们。但丝毫看不出他们动怒，他们仅仅是用眼神彼此会意了一下，就轻而易举地把我抓住动不了了，然后把我拖了出去。再想进去时，在我面前已经是高门耸立，调整了一下情绪，但无论怎么央求，都没人理会我，所以即使不认输，也只能垂头丧气地离开了。

虽然离开了，但怒气未消。为了冷静一下，我开了一会儿车，但还是怒火难平，怎么也忘不了我被扔出门外时，那中年女人挂在嘴角的微笑。在天亮之前，一直开着车围着同一个地方骨碌骨碌地转，但还是咽不下这口气，最后，索性去商店买了汽油，又回到了"火红之鹫"附近。

我提着装满汽油的铁罐，在"火红之鹫"附近转悠，四处寻找可以翻过去的墙，突然发现昨晚见过的那伙人正一个个地排成大名队伍①，秩序井然地过前方第二个十字路口，我本能地躲到隐蔽处，只露出半张脸偷看，队伍里有池田、母亲、太奶奶和奶奶，但一队人全都过去了，唯独没有看见小白。

刹那间，我犹豫要不要跟在队伍后面，但立马意识到这是个好机会，赶紧翻过墙去，愤怒地将汽油统统倒在"火红之鹫"基地里，点着了火，火势随着汽油蔓延开来。我紧紧地贴在墙上，不由自主地笑了起来。全都烧掉，化为灰烬吧。我心情激昂地注视着熊熊火苗，认真等着听即将爆炸的声音，但火势只是乍一开始凶猛，后面可以说是虎头蛇尾，很小了。用耐火材料建成的基地，只是冒了些如蚯蚓般细长的烟，火势越来越小，最后只不过留下了极少的几个焦痕。

---

① 江户时代，大名因轮流谒见主君而携大队人马往返于江户和领地之间，现多讽刺高管等携众多随从外出。

我从来没有听说过耐火材料，站在寥寥几个焦痕前，茫然地呆立了片刻。转过身抬头看了看高墙，想起自己抱着油罐翻过它时费力的样子，觉得很失望。这种徒劳感一下就吞没了一宿未消的怒气，所以在眼前的窗户被打开前，我完全没注意看基地内部成员的状况。

心脏怦怦直跳，身体僵硬。但就在不经意的一瞥时，我的整个身心都沉浸在了无限的思念之情中，在那里，我看到了只稍稍长大了一点的小白的面容。可小白完全没有注意到我，只是茫然地注视着天空，我的心一下子被揪了起来。

当我握住小白的手，告诉他我是谁时，小白一下放下了戒备之心，笑逐颜开。我把小白搂在怀里，从窗户跳了出去，而且就这样把小白抱在怀里，走过楼房周围，从正门堂堂正正地出去了。

小白好像是问去哪里，他拽了拽我的衣领。

"当然是医院。"

我把小白塞进车里，发动车之后才告诉他。我要带着小白去医院治好他的眼睛，看着小白惴惴不安的样子，他在基地的生活也就可想而知了，我觉得这孩子太可怜了。我不知道以后会发生什么，我只知道是为了治好小白的眼睛而来的。

小白熟练地在我递过去的纸上潦草地写着："现在已经去不了医院了吧？"虽然还是清晨，但听说如果不在天亮前去排队的话，是拿不到挂号证的。但我并没有那么悲观，只要有钱就能办到吧。

我有一肚子话，却什么也想不起来了。只问了一件事，就是基地的那些人大清早的去哪里了。"去田里了。"小白回答说。我还想问小白在基地过得怎么样，为什么会失明等许多问题，但那样就得一张张地递过纸去，这让人很不舒服，也就不再问什么了。

两个人待着变得越来越无聊了，我就拍了拍小白的头。小白吓了一跳，缩了缩肩，脸上浮现出惊恐的表情，我很乐意看他这副表情，于是就几次三番地拍小白的头，失明的小白只好把双手举在头顶上。

到医院一看，果真是黑压压的一群人了。黄牛党们正围成一圈，兜售挂号证。喧嚣声四起，乍一看还觉得到处充满了活力，但事实恰恰相反，那些人都穿得破破烂烂，一脸倦容。让人觉得只要是和他们站在一起，就得传染上什么病似的。我站在一个黄牛党身后喊了他一声，胡子拉碴的他一回过头来，我吃惊得瞪大了眼睛。黄牛党讨好地咧嘴笑时，我看见他白色的牙齿已经所剩无几，仅有的几颗也歪歪扭扭，净是豁口，那张嘴还不停地发出令人讨厌的咳嗽声，让我避之不及。

"有眼科的吗？"我边问他，边特意把一块布卷起来放在嘴边。黄牛党一张张地看着手里的挂号证，一边和我搭着话，探听我口袋里有多少钱。我实在讨厌在这种地方讨价还价，就从口袋里拿出一个偷来的装着颇为值钱的商品的袋子塞到他怀里。黄牛党的脸一下变得刷白，连忙把这里一个据称医术最高的眼科医生的挂号证递给我，就慌慌张张地离开了。

结果，这样到手的挂号证还是不行。以后的几天如果再早点来医院可能才赶得上，这个点儿还是太晚了。据说只有去东晓更换视神经，小白才能恢复视力。在我死后很久，小白才踏上东晓的土地，而且也没有更换视神经。

第三部 东晓

> 我是身处地下时被塌下的天花板砸死的,死得很悲惨,死后的样子很丑陋,连自嘲一下的可能都没有了。

　　我是身处地下时被塌下的天花板砸死的。死得很悲惨,死后的样子很丑陋,连自嘲一下的可能都没有了。但一部分世人认为我的死不是那么简单,他们把我的死解释为某种思想的体现。甚至有人把此次事件利用到了对其组织的控制中。小白年事已高,连站起来都费劲了。出现在他面前的这位客人虽然不属于此类组织,但也一样对几十年前发生的死亡事件有某种愚蠢的看法。

　　"调查显示你哥哥事前就知道那天会发生塌陷事件。"

　　客人心存疑惑地注视着对面的老人。老人张了张嘴,客人听到有声音传来,但搞不清来自哪个方向,于是疑惑更重了。他转过身去,抬头看了看声音传来的方向,那里只有浓烈的桃红天花板。

　　"难道你哥哥是'火红之鹫'的同伙?"

　　"不,不是。如果是东晓沉沦事件的执行者,就没时间画那些画了。"

之所以都过去十几年了，大家还如此热衷地谈论我的死亡，就是因为生前画的那些画。某天，突然出现了一幅巨大的库拉游击队的画，在画支离破碎的同时，作者也死了，这或许难免会成为人们议论的话题。而且，我生前的思考内容也以破损的状态搁置在信息库中，这无疑更增加了一层神秘色彩。

参照"库拉游击队"这一故事来考虑，大家普遍认为这幅画是对牺牲看不到的他人的利益，获取和平的现代社会的批判，是在发出自己的宣言：要毁灭这个对身处海底谨慎生活的怪人还穷追猛打的"库拉游击队"式的社会！对我死亡时身处地下是这样解释的：当意识到自己也不知不觉间成了"库拉游击队"时，深感绝望而自杀。客人也先对小白说了一番民间普遍的说法，当然仅仅想说这些的话，也就没必要特意前来拜访了。客人清了清嗓子，端正了一下坐姿，似乎要说："下面步入正题。"

然而，接下来的瞬间，房屋突然倾斜，客人感到重心失衡，心情极度糟糕。虽然房屋倾斜，但家具摆设并没有歪倒，都牢牢钉在地板上，纹丝未动，墙上的挂钟看上去就像离开了墙壁似的飘在空中，感觉马上就要砸过来。客人不再怀疑，而是确信眼前的老人十分可怕。

"您以前是军人吗？"

"不，不是。"橱门自动打开了，小白一下抓住了从那里飘到胸前来的杯子的杯柄，喝了口咖啡。"身体不是有残疾嘛。"

"我既没有像军人那样灵敏度极好的电极,脑波中也没有防卫系统。"小白亲切地解释道。但在客人看来,并没有多大差异。能够如此干涉室内其他人的视觉和听觉,比军人更差劲。客人唯恐其他的感觉系统也被支配,那岂不是就被洗脑了,一下子加强了戒备。

"不必那么小心,我不会吃了你。"

"你果真能读懂我的心思?"

"在电极微弱的脑波进行检索时,能够朦朦胧胧地看到些形状、颜色,但我不知道正确与否。"突然发出一声像收音机调频时的噪声一样的声音,当然,并不悦耳。客人断然说道:"这也是没办法的事呀。"谁让自己不请自到呢,自己不是也想看别人的脑波吗?听说这个完美的地方是经历了大风大浪后的小白为了能度过自由、安稳的余生而特意打造的。失去了听觉、视觉、声音的人一旦再度拥有这些,就会继续努力前进,这是努力的结晶。

客人像喝醉了一样,脑子里迷迷糊糊的,但还是口气坚定地说道:"今天是特意前来向您请教有关莲沼健的事情的。"

"我不知道呀,我很小的时候,哥哥就逃亡了。"

"是呀,你还很小的时候,莲沼健和釜田稔一起杀了那中介后就开始了逃亡生涯,所以你不太清楚他的事。但想一想,与其去整理信息库中关于莲沼健的以往信息,还不如了解那时候的莲沼健更为重要呢。如果问为什么,那就是因为他经常给年幼的你画库拉游击队的画。"

小白好像嫌麻烦似的皱了皱眉头。曾经有好多个和这位一样的人出现在小白面前过，小白真是烦透了，他真不明白东晓塌陷那天看到的涂鸦之作以及同一天死去的哥哥身上，到底有什么过去几十年了还挥之不去的独特魅力。以为哥哥具备崇高思想的这一看法本来就是错误的。但无论怎么解释、争论，沉迷于对哥哥的幻想猜测中的家伙们根本听不进去。

"哥哥就不是那样的人。"小白的想法是正确的。

身处东晓的我，脑袋里连闪都没闪过"社会批判"这样的事。用少得出乎意料的钱换了一张假的通行证悄悄进入东晓，我为什么要去想那么无聊的事情呢。别说批判了，我可是怀揣兴奋地向东晓进发的。无论如何，那是我向往的城市。我自以为是地认为："不要退职金了，只要从公司偷辆车，就不会为工作的事犯愁。"但一逃离出境口，就发生了必须弃车的意外事件，顷刻乌云密布。立体构造、错综复杂的东晓路况不适合开车。东晓的车行道屡屡停工，车至少也得能滑翔十米，否则就不能称之为车。

所以进东晓前，我不得不把车停放在路边，顺着路旁的楼梯下到人行道上，然后走着进东晓了。当然，除我之外，这里一个人都没有。迎面刮来的强风，似乎能把我吹起来，我独自行走在被污染的浓雾之中。有座高山巍然屹立于眼前，似乎要阻挡我踏入东晓的土地。

马路一直延伸至东晓的山脚下。找不到任何的照明工具，却投来一束像太阳光的自然光线。雾完全散了，风势却越来越强。一张嘴,就马上涌入一股空气,直袭喉咙,我被呛得不断地咳嗽,稍一疏忽就会屡屡呼吸困难。

我蜷起身子,保持平衡地在走过一条不知道是什么管道的又窄又矮的地方,当我一步步稳妥地走完后,眼前豁然出现一个开放的场地。上方的通风口处如同晴朗的天空一样一片蔚蓝,看不清哪里是顶棚。极其清新的感觉让人一时间错以为到了外面。蔚蓝的天空给我的五官带来微微不和谐的感觉。这地方大得能装下五个千野的电子垃圾分解场,而且从地面强有力地伸出无数个风车,忙碌地转个不停。面前和背后的墙上都上下左右四个方向井然有序地排列着和我来时走的管道一样的出入口,填满了整整一面墙。

看到这种异常的状况,我不禁害怕起来,"莫不是到了一个奇怪的地方?"进入哪个管道我才能到达有人生存的地方呢?如果进入管道再也出不来了,那我肯定会死在里面,全身腐烂吧。

继续往前走,进来时的路好像也找不到了。我被大风吹得站都站不稳,只好茫然地站在原地。

虽然快被恐惧击垮了,但还是仔细观察了一下周围,突然发现在这个广阔的空间的一角有几座用蓝色防水布搭起的帐篷。帐篷迎风而立,牢牢扎在地面上。那里有人居住吗?我情不自禁地露出了笑脸。自己也不知道是因为吃惊还是因为有了希望。

我决定走过去,一离开管道出口处,风就没那么大了。

但仍是足以给生活带来困扰的风力。如果这种级别的风不是偶然现象，而是终年如此，那就不难想象帐篷中住着的是什么样的人了。

我走到其中一个帐篷前，在外面先打了声招呼，然后卷起了防水布，只见一个浑圆肥胖、衣着肮脏的女人正躺在那儿看书。女人坐了起来，一头如钢丝般的头发胡乱披在肩上，她疑惑地注视着我，用手捋了捋头发。

"什么事？"

后来从同伴口中得知这个女人叫佳其姆，第一次与我见面时，她毫不掩饰对我的敌意。好像是把我错当成了政府工作人员什么的了。但是，当我问到这是哪里时，她的敌意就消失了，脸上微微浮现出不快的神情。

"你从哪里来的？外面吗？肯定是外面吧，怎么进来的？好了，好了，别说了。这是哪里？这是风道。"

通过这番语速极快的解释，我大体知道了本应吹进这个立体都市的狂风都跑到这里来了，并且利用这种风能发电。她好像在这里生活十年了，但原本这不是个人应该涉足的地方。就算进行风车的保养及管理，也没有人直接来这里。都是通过机器人进行远程操作。不知道为什么，佳其姆说这些时只觉得自己很了不起。

"我想出去。"我说道。如果留在这样的地方，就失去了来东晓的意义了。

佳其姆张开右手，伸了过来，我不明白是什么意思，只是盯着她的右手看。她咂咂嘴,一边骂我一边说:"拿钱来!"

我从口袋里掏出了"折纸机",佳其姆却没有拿出自己的意思,还很厌烦地打掉了我的。

"你小子笑话我吗?"佳其姆对目瞪口呆地盯着掉在地上的"折纸机"的我说道,"肯定是现金了。"

"我没有。"

她一听,立马重新躺下,背过身去挥了挥手,看样子是要赶我出去——

"马上消失!"

我瞪着她溜圆的后背,真想把她踢飞了,但最终也只能放下了防水布,其他什么也没干。"别让我再碰见你第二次,否则一定杀了你!"我这样想着,弯腰去捡"折纸机"。突然,周围一下都黑了下来。我在黑暗中紧紧抓着泛着银光的"折纸机"四处张望,四周响起了卷防水布的声音,感到陆陆续续出来一些人。四处星星点点地亮了起来,都是一些用空易拉罐和蜡烛做的简易灯,隐约可以照出人影。这些人中也有提着一样的简易灯的佳其姆。

灯光映照出佳其姆的脸上写满愤怒。我很想问问发生了什么事,但看上去绝不会有人理我。我一直蹲着,一动不动,抬头一看,只见佳其姆嘴唇微微动着,嘟囔着什么,只听见一句:"如果被我逮到一定饶不了你。"

"不是。"站在佳其姆旁边的男人说,"不是那些公务员,是老鼠。"即使在微弱的灯光下也能看出说话的男人皮肤微黑。

"喂！"佳其姆大声喊道，高高举起了灯，"这周谁负责卫生？"

没有一个人站出来。鸦雀无声，只有佳其姆厚重的叹气声。

她带头爬上了梯子，然后又有一些人爬进了从下面数第二个、右边数第四个的通风口。其他人放心地返回了帐篷。我待在这儿也没事干，所以决定跟着佳其姆进去。

管道里迎面吹来的风倒是很柔和，只是弥漫着一股直冲脑门的刺鼻尿味。我一边用嘴呼吸，一边吧嗒吧嗒地踩在水里向前走。脚下的水洼是什么呢？不时感到脚下踩了像泥巴似的什么东西，不看也能猜个八九不离十。

走到一个开在墙上的洞口前，大家停下了。各种裸露在外的电路配线穿过洞口，看不出来老鼠咬断了哪里。其中一个男人使劲把头伸进比他的脸要小两圈的洞口里，往里看。

"找到了，找到了。"

男人高兴地喊起来。我真是佩服，在这么黑的地方还能看得如此清楚。根据男人的指挥，佳其姆走到千丝万缕的配线前，用递过来的电动打孔机在墙上钻了个洞，然后示意男人找到了。

她从放在地上的工具箱里依次拿出工具，熟练地接着配线。男人们则把她围在中间，从各个角度注意着别让风把灯吹灭，又要让灯照亮佳其姆的手周围。只有我无事可干，只好退后一步看着佳其姆接线路，好像守护学生的教官一样。

配线一接上，周围一下又恢复了光明。原来没注意到，这下一下看清楚墙上、天花板上装着无数个像指甲缝里的泥一样小的零部件，闪闪发光。一个男人热心地告诉我这是聚光设备。据说是利用吸收的太阳光线，再释放出光。我连随声附和都忘了，只剩惊叹未来的科学技术了。此间，佳其姆又把凿开的墙壁复原，男人们又抹上一些像是糨糊类的东西，修复工作完成。

我看着满是污垢的地板，想道："既然技艺高超，难道没有把这里清理干净的便捷工具吗？与让太阳光普照太阳照不到的地下相比，有一台可以冲刷这些污垢的机器难道不是更必要吗？无论再怎么会连接配线，根本问题不解决的话，这里还将继续是老鼠的通道，还会发生同样的事情。"

我正在想东想西的时候，突然佳其姆用力打了一下我的肩膀，"干什么呢？"她向里指了一指，"继续向前走，就能上去了，马上消失！"

我揉着被拍疼的肩膀，瞪了瞪佳其姆，道谢后马上告辞了。沿着她说的这条通风口不断向前走，地上的污垢越来越少了，不久就只剩下连风也吹不动的厚厚灰尘了。就在这个很久没人来过的管道里持续走了几个钟头，如同在白蛇腹中的压迫感让我越来越不安，我甚至怀疑被骗了。但也不想再原路返回了，只能沿着缓缓上升的坡道继续向前走。

走了一个急转弯，终于看到尽头处有从上面投下的一束黄色光芒。我的紧张情绪一下释放出来，被牵引着一样跑了起来。

爬上梯子，弄坏金属丝网，爬了上去。是个公园，傍晚时分，空无一人。回身望去，原先只能在远处憧憬的东晓棱角分明地立于眼前，重叠交织的多层道路好像是为了避开几座高楼大厦似的蜿蜒盘旋。高楼之间有打开照明灯的汽车，汽车秩序井然地按照红色指示灯滑行，在高楼之间穿梭。不知是不是太阳要落山的缘故，感觉墙上布满广告、灿烂夺目的高楼似乎直冲天际。抬头望去，朦朦胧胧，看不清全貌。

公园的寂静更加凸显了东晓的热闹繁华。

我在公园一角的水管前，一边抱怨着佳其姆，一边清洗着粘在鞋上和裤子上的污物。这绝不是他们平时用的出入通道。应该是厕所吧。如果不是，就不可能那么脏。应该还有通往更加接近东晓中央地带的管道，这个胖女人竟然不告诉我。

我穿上湿淋淋的鞋子，吧嗒吧嗒地向热闹的地方走去。现在这套装扮，别人一看就知道不是本地人，所以为了避免让警察或公职人员们发现，我尽量躲避着行人。每迈一步，鞋子就咕嗞咕嗞地响，我觉得自己惨极了。每当结束了一天的工作急急忙忙往家赶的行人与我擦肩而过时，都会投来好奇的目光，我都一一瞪了回去。

走着走着，屡屡来到高楼大厦前，使我不得不一再绕行。并不一定是过不去，但如果具有身份识别功能的门要检测我那非实名制的"折纸机"，说不定我会立即被当做嫌疑犯带走。就算不让检测，也说不定又会被当成没有"折纸机"的嫌疑者接受例行盘查。东晓设置了无数道这样的门，明确划定了富裕者和贫困者的生活区域。这种门也并非只是为了制约人的实际行为，它也可以把异己分子的信息及时传递给警察，一旦被确认则立马被带走，接受高压拷问，去伪存真。

避开这样的门走，自然只能一步步向下走了，最后辗转到达了地下的某繁华街。在这里，无论老少、男女、贫富，全都喝醉了胡闹，或者是因为找到了发财之路而两眼放光吧。是不是现金都没关系，金钱在这里交错乱飞，干净的钱、来路不明的钱，浑然一体地流通着。我决定先在附近的租赁木屋落脚。住宿、吃喝，所有支出都靠的是那台非实名"折纸机"里的脏钱，但无人生疑。用作挖地下洞穴的短工挣到的现金首先买了正规的"折纸机"，然后去申请更改国民契约和开设全新的账户。当然还是用的假名字。申请时提交的身份也是到东晓后的第二天用那些脏钱买的。

接下来，我的生活简直是一塌糊涂了。拿非实名"折纸机"里充足的钱用来拼命玩乐，从正规渠道买来的"折纸机"则用来买生活必需品，因为签订了即使超出了账户的使用额度，也得保障最低限度的生活水平的国民契约。我充分利用了东晓人的这项与资本主义相比，基本人权优先的权利。我毫无罪恶感地在东晓悠哉度日。声望好的时候，还会有好几个女人贴过来，我就从中选出最中意的过夜。

所以，当那男人自己打开锁进入女人房间，并且拍醒沉睡中的我时，我错以为他是女人的奸夫，根本没想过他是来找我的。我憎恶地盯着女人，女人摇摇头说不认识。气急败坏的我怎么可能相信一个昨天刚刚认识的女人的话，冲上去对她又打又踢。站在那里的男人慌忙上前阻止，把我的双手反剪身后，作起了自我介绍，我这才明白他是来找我的。

男人整整衣服，喘了口气，说道：

"清信守先生，你知道自己花的钱已远远超出使用额度了吗？"

又是林藏，又是榭伊拉，我早已习惯了被人称呼假名字，所以此时也能沉着应对。

"钱，没问题的。"

"我丝毫看不出来。"男人看了看流着鼻血、鼻子堵塞的女人，摆出一副官员的架子继续说道，"没有也没关系，为我们去干活儿就行了。"

就这样，我被塞进了货运列车，被拉走去做强制劳工了。我们去的是爆破声不绝于耳的军事特区建设基地。来东晓还没一个月，就被驱逐出来了，我仅仅是行使了一下自己的特权，就落此下场，真是令人费解。但现在似乎除了老老实实干活儿，没有其他的路可走了。

我在建设基地每天从早到晚得运建材、递工具、不断地搭脚手架，白天休息时间就只发给一个饭团和奇怪的药片。但并没有累垮，还能继续工作。

没想到无论在哪里，我重复的都是同样的工作。因为突然间想起了从船上往下卸货时的辛苦，所以现在有这样的感受。如果没其他的本事，就只能干活儿了。人权什么的，都是胡说，最终都归结于劳动力，如果经济不景气，不需要劳动力了，人权也就会被自动丢到了一边儿。

休息时，我正在享用自己那个饭团，突然冒出一个亲昵搭讪的人。不是一个人，好几个。他们目光敏锐地盯着独自待在角落里的我，每天轮流来找我说话，剥夺了我这少许的喘气儿时间，让我无比厌烦。其中最让我生气的就是一个劳动者装扮的男人，他头上成天缠着条有点脏的毛巾，只要有空就炫耀胳膊上的肌肉。

"喂，你知道吗？"这个男人又来打扰我的午饭时间了，"听说这里公开杀人呢。"

对男人这种自以为是的口气，我早就腻烦了，所以只回了句"怎么会呢？"搪塞过去。男人对我的冷淡态度大为光火，气势汹汹地说："我可没撒谎！"接着又告诉我说是把在这里干活儿的工人当做实验品来试验新武器的威力，听说在这里工作的人大多没有亲属，所以最适合送上实验台了。虽然我一直笑着附和他，但他的眼神太过认真了，让我很扫兴。

男人所说的只不过是无聊的都市传说而已。对现代兵器而言重要的不是无差别的破坏威力，而是可以辅助战斗人员提高识别能力的性能，如果只追求杀伤力而且还要把非军人卷入其中，那岂不是堕落成恐怖组织了嘛。

无论他说什么，我都装作听不见，继续无视他，但这并没影响男人继续往下说。

"你知道这意味着什么吗？意味着军队在动乱地区使用的就是这些武器。不让老百姓作出任何牺牲纯粹胡说。虽然我也知道军队为了有效地维护治安，老百姓多少作出点牺牲也是没办法的事，但像我们这些不履行国民契约的也得作出牺牲。"

"别说'我们'，并非这里所有的人都是不履行国民契约的人。"

"那你为什么来这里？"

"账户透支了。仅此而已。"

我一说完，男人就明白了是怎么回事，周围的人大笑起来，声音大得惊人。"难道不是思想犯呀？"我没有作答，事实上只是多少有些误解，但他们愿意这样理解，我也没有办法。只是觉得没有被初次交谈的男人轻视的道理，所以很生气。

男人憨憨地对我笑笑，形式上表示了一下歉意，突然又压低声音说："加入我们的话，你就不会这样了。"

看上去像是一种邀请。男人一使眼色，那些此前一直轮流来找我聊天的人纷纷行动起来，远远地围成一个圈，开始观赏我。我把这理解为压力。

我愈加不愉快了。这群家伙不会是一直把我当成军队或者政府派来的间谍吧。此时此刻，我也明白了自己仅是个账户破产的落伍者。也说不定他们认为我是个容易驯服的男人，稍稍施压，就会归顺他们的窝囊废呢。没错，他们就是这样想的。

在我默不做声，继续忍耐的时候，男人夹杂着各种身体语言继续热心地给我作着说明。主要是关于他们组织的正当性以及现任政府的虚伪性和腐败事实等。不过都是些信不过的空话。

当然，我也知道有军队误杀老百姓的事情，这些信息在"折纸机"中都逐一出现过。虽然军人的意志是受统治的，但这种意志不过是个体的集合，所以有时候才会分不清楚对方是军人还是非军人吧。即使误杀，误杀百姓的人也会受到和恐怖分子同样的惩罚。有谁会相信军方会使用没必要的破坏力去破坏敌人的据点，还要把老百姓卷入其中呢。如果利用先前那种远程操作的方法使用大量破坏性兵器，并且搞得全世界都知道了的话，那么作为一个国家应具有的信任感也会消失。没有冒此风险的道理，也没有冒此风险的价值。

话说到这儿，即使不向大家汇报这个男人姓甚名谁，可能大家也能猜个八九不离十了。因为他和池田散发出一样的味道。与政府相比，更让他们气愤的似乎是对现实一点也不关心的国民。但在根本上他又和池田不同，这点显而易见。池田对国家彻底绝望了，但眼前这个男人还没有。他还在追逐上一时代实现不了的梦想——如果恢复了民主国家的形式，由全体国民来监督国家，让国家履行正义的职能。

全都与我无关，所谓的正义呀，信用呀，一点也不会让我动摇。在东晓，这些观念或许尚能果腹，但现在的我浑然不觉。

但若结束这种强制劳动后就这样回去，也没什么指望。如果把积攒下的那些不能公开使用的钱全都花上的话，还成照顾这里的经济发展了。而且万一男人说的话都是真的，说不定什么时候，我也上了实验台。

如果那样，管他是"火红之鹫"还是什么呢，应该利用一切可以利用的东西。我竟然和自己厌恶至极的母亲殊途同归了，觉得自己很讨厌，但也感到自己第一次理解了母亲的心情，为自己当初幼稚的态度后悔不已。母亲仅仅在"利用"，有没有掺杂感情都不重要。

当我问该怎么办时，男人满面笑容地一把抓住我的手，好像就在等待这一刻似的，围观的观众中有一个人快步走了过来，是个把头发编起来盘在头上，长相朴素的女人。

"从这里出去，跟着明美就行了。"

"不是和你吗？"

"我不能出去。"男人自嘲似的抽搐了一下脸，"或许一生都在这里。"

我急忙抽回被握着的手。如果被别人看见我和这么个危险人物握手，别人会怎么想呢。

男人用被甩开的手一边揉着引以为傲的肌肉，一边说："放心好了。和你接触一直都是小心翼翼的，万无一失。"

我把目光转向明美，明美不动声色地用蚊子般的声音说了句："请多关照。"但我并不是和明美一起返回东晓的。因为在我正要上货运列车时，突然被当官儿的喊住，并被带到了客运席的头等舱。

虽然并未被戴上手铐，但在我的对面还是安排了警备人员，我从来没有遇到过如此糟糕的强制移动。为了缓和一下气氛，我开始主动搭话，但当官儿的一声不吭。就这样一无所知地又被带下了车，坐上可以滑翔的、令人心情舒畅的高级轿车，驶上东晓的大街，最后又被带到某大厦的最上面一层，我真是越来越摸不着头脑了。

命令说只允许我自己一个人进去。当我推开厚重的木门，首先映入眼帘的是贯穿于整个墙面、像瀑布一样的水流。随后看到屋子正中央有一位体态端庄的老人和两个似乎时刻待命的黑衣男子。除此之外再无其他，只是一间大得有些浪费的屋子。

"嘿，年轻人。"我一进去，老人立刻开口问道，"东晓最有权力的东西是什么？"

还没搞清状况的我脱口而出说是电。我也只能想到这个了，可以看出老人很满意我的反应速度，但他摇摇头说不对。他稍稍看了一眼墙面上的水流，说道："是水。东晓有七千万人口。如果不铺设自来水管道的话，所有人都得渴死。不仅如此，笼罩东晓的防护雾层也一样。你所说的电也一样少不了得用水。大厦外墙的那些能源广告屏如果不经常给水的话，叶绿体也会死掉。水力发电对电能的微妙调节是很有用的。"

"母亲分开的那些藻类也在这种地方支持着建筑和发电吗？"想到这里，我突然有些伤感，但只是那么一刹那。老人为什么喊我来，必须搞清楚他是不是开始说了。乍看上去，老人好像不是政府官员，官员不会有那么深的皱纹，应该皮肤更光滑才对，犹如刀伤的皱纹很容易让人想到无法体会的深切痛苦。如果受到国家庇护的话，就绝不会有这样的痛苦。

"你是谁？"

"我吗？"老人轻轻挥了挥右手，立刻浮上来一幅标满眼前这位老人头衔的画像，"因为掌控水，所以很多人称我为'龙'。"

但逐一读下去，发现了可疑团体的会长呀、名誉顾问呀等五花八门的头衔，完全理不出头绪。我唯一搞明白的就是他被称为"水神"，是水资源公司举足轻重的人物，但似乎并不是董事长，是"水资源使用决定者"这一头衔。

"请问，水神先生，您有什么事吗？是不是把我和什么地方的什么人搞混了？"

至少我想不出自己为什么受此邀请。无论怎样想，他都不是应该出现在自己人生中的人物。但老人坚定地认为我的人生经历对他很重要。

"我已经调查过你了。"老人把目光落在了黑衣男子递过来的资料上，"最近，有本事的马仔越来越少了。"

我感觉后背上好像有什么在爬，痒痒的。或许不知不觉中我已走向进退两难的境地了。

不出所料，老人动了动他那圆圆的下巴，说道："杀人是最重要的。"

"什么？"

"别装傻了。你的上司，怎么说呢，是你杀了他吧？"

我突然觉得嘴里好像不太舒服，咽了口唾沫。这种不舒服的感觉被给我安排了任务的"龙"解放出来了，一直持续到回到租赁的木屋。确实，就在那天，我轻易地跨过了那条线。

那一天，我和阿稔的差别就此结束了。自己或许已成了最低等的人群，但比阿稔还是强多了。这样瞧不起阿稔，才能确保自己精神上的富足。他用石头砸死了那中介人，当时我只是在看，只是杀人现场的旁观者。阿稔扮的是表演者，我不过是观众而已。观众只要从表演场迈出一步，马上就能回到正常生活中。表演者和观众的差异是决定性的。

那天，我走上集体公寓潮湿的楼梯，走过门户相同的走廊，拿出配的钥匙开门进去。看到床上并排躺着的两个人时，我感到绝望。但没想到的是自己内心似乎还有一丝淡淡的期待，牢牢地扎根心底。

"怎么回事？事情再怎么急，这个时候来打扰我们，也太不通情达理了吧。"秋兄很平静地说道。

我把手枪瞄准了他，准备好。为了保持冷静，我深深地吸了口气，穿过鼻腔的依然是那种铁锈味。

"这手枪是谁的，你知道吗？"

"我的呀。你替我捡到的吗？"

秋兄开玩笑似的大笑起来，伸出自己的右手。蜻蛉紧紧地抱着他的左臂，怯生生地看着我。

"我抢过来了。"

我没说把阿胜杀了。因为如果这样说，可能又会想起杀阿胜时的感觉。

很久以前就发觉秋兄想要除掉我了。

为了见小白，我屡屡怠工，而且经常昧下货或者货款。小白执拗地不要我送的东西，但我并未因此收手，非但如此，每当被秋兄盘问这些不当行径时，我还一味采取抵触的态度。

但我从未想到他会趁着城镇动乱干掉我。

所以，当阿胜把枪摆在我的面前时，我首先想到的是敌对组织指使的。阿胜用怜悯的眼神看着我说："如果我杀了你，他们就替我找到父亲。"

身处慈善机构却可以肆无忌惮地开枪。"什么意思？"我一边躲一边问道。"我们已经说好了。"阿胜大声叫着，又给了我一枪。

仔细一想，像我这样可以信手拈来的小人物是不足以让什么组织如此劳神的，而且平时在这里的蜻蛉也没来，有点不对劲儿呀。这么一想，马上明白是怎么一回事了。是那个把我当做麻烦的人，他成功获取了阿胜的信任。

"要以儆效尤吗，还是仅仅因为我不称你的心了？"

秋兄缩回了右手，拿起一根烟叼在嘴上，慢慢点上了火。

"都有吧。"话和烟同时从他嘴里吐了出来，"如果不给扰乱秩序的家伙一点颜色瞧瞧，是不能服众的。"

"你也让我很不满意。"

"你真的把那小鬼杀了？"

轻而易举。我鼓起勇气一下冲到阿胜面前，拿出匕首猛刺过去。连扣动扳机的时间都不给他，猛刺过去。仅刺一下还要不了他的命。所以对丢下手枪倒在地上的阿胜又补了一刀，他死了。

蜻蛉再也忍受不了了，哭着哀求："拜托你，再好好想想，请冷静一下。"

我已经十分冷静了。我不想听当时没在现场的蜻蜓这么说。

如果说"多亏事先杀了阿胜"这样的话可能有些可笑，但我确实是在初次用枪时便镇定自若地成功射中了靶子，他鲜血四溅。全身沾满血的蜻蜓尖叫不止，我把枪指向蜻蜓让她闭嘴，但她并不听，这让我十分扫兴，拿枪砸向蜻蜓，去死吧！

此后，因为害怕报复，我逃往东晓。在那里，我不断杀人。靠近目标、保持确保万无一失的距离、射击、全力逃跑，像个杀人机器一样。因为有摄像头，所以很有可能被抓到，但报酬甚微。还是走私要轻松得多，赚的钱也多。——备齐出逃路线中所需的钥匙，通常都是些没人走的路，即是些连接风道或维修道路时用做辅助通道的大门钥匙。但大多数地方都住着流浪者，没有住人的只有下水道。流浪者们即使发现了满身血垢的我，但只要不侵害他们的生活，他们也不会对我有什么兴趣，所以只要不是什么非常时期，我是不必走下水道的。

在狭窄、布满灰尘的逃走路途中，我脱下满是血迹的衣服，换上新衣服。穿过这些通道，站在东晓的天空下，全身心沉浸在一种清新舒畅的感觉之中。巨大的高层建筑无疑像是点缀着东晓之山的林林木木；墙壁上播放的广告图像如同随风飘散的形形色色的花瓣；树叶也一样赏心悦目。我置身其中，吸了一支烟，通过这支烟洗刷掉沾染在内脏的血腥味。吸烟的快乐就在于能够在假想的空间中简单又健康地代替其他。边走路边吸烟的样子好像格外引人注目，但我却不能不吸。

如果仔细盯着看，透过广告图像可以发现后面墙上的涂鸦之作，边走路边找这些画也是我的乐趣之一。画的都是些在风雨侵蚀过的荒山上举行晚宴的贵人们呀，戴着高高的礼帽的大型手榴弹之类的画。经常有报道称在没有悬挂广告屏的、幽静的住宅区墙上乱涂乱画，但这些藏在广告屏后面的涂鸦之作，仅我知道的就有那些报道的十倍之多。我也曾和有同样嗜好的人互相交流信息，他们肯定是些见不了光的人。那些唯我独尊、阔步走在马路上的正经人肯定没想到在广告背面画画的事。

当然杀人的工作也不会总有，这真是太好了。如果杀人成了我的日常工作，恐怕我早就疯了吧。这里不是战场，虽然有警备人员，但对我来说完全没有关系。我还没被调教到杀了一个毫无防备的人，还能满不在乎的程度。没有杀人任务的时候，我就背着氧气筒去海底挖掘开采或者去更换高层建筑的模数，通过打这些短工来赚钱，这样可以暂时忘掉罪孽。找不到这些活儿的时候，就出门一一确认从相同嗜好者那里获取的涂鸦信息。

旅行的时候，一律只乘大巴，因为这样感觉轻松。上车，到达目的地下车，除此之外，什么都不需要做。通过"折纸机"可以轻松地查询到乘车信息，下车后还可以轻松地把钱划到户头。

上车后晃了不久，铃声响了，广播说进入了助跑区间。眼前的风景一下快速移动起来，犹如口袋的车翼也一下张开了。道路中断，仅仅是那么一瞬间有种漂浮的感觉。

一个孩子高兴地大声嚷嚷起来，看上去正在睡觉的一个中年男人故意大声地咂了咂嘴。孩子的妈妈赶紧教训了小孩，那孩子一下蔫了。当时，我和孩子的目光正好撞在一起，我主动对他笑了笑。与中年男人相比，我的心情和这个孩子更相近。眼前突然出现了一个庞大的建筑物，汽车要撞上了吗？我吓得心都凉了。还好，汽车沿着空中浮现的指示灯行驶，躲过了那面墙，孩子和我长长地舒了一口气。

广播再次响起提醒大家注意，汽车几乎没怎么颤动，平稳着陆了。继续向上行驶了一阵儿，经过大约横跨一步距离的滑翔，我到达了目的地，下了车。上台阶，走到步行街。那幅画一下跃入视线，隐藏在宣传清凉饮料的广告屏后面。在炎炎烈日下，一个身穿白色衬衣的清爽少女正在擦汗，在她的背面就是那幅画，画了一群黑鸟正在啄食鲜血四溅、横陈于地的死尸。

虽然我知道路上的行人都迷惑不解地看着我，从我旁边走过，但我还是不由自主地张大嘴巴仰视着那幅画。我也不明白为什么会如此被它吸引。这幅画也没什么大不了的，但透过广告屏再欣赏那座大厦，立刻毛骨悚然。

我就一直呆呆地站在那里向上看，突然听到有人向我打招呼，我惊讶地转过身去。

"你在看画吗？"

说话的人叫美香子，她身穿校服站在我身后，我一看原来是个小鬼呀。被这个淘气鬼打扰了这难得的惬意时光,心里有些不痛快。我没答理她,再次转向那幅画,但美香子似乎一点儿也不具备揣度别人心理的细腻,继续毫不在乎地站在我身后,一边兴奋地说着"画!画",一边向我靠过来。

"白白浪费时间。"我越发焦躁了。这女人真是的,如果揍她一顿是不是就老实了,这个欠收拾的美香子竟然站到我的旁边,和我一样抬头看起那幅画来。

我悄悄地离开了。我怎么能和这样一个自来熟的女人一起赏画呢?如果再继续待下去,我可能就真的会变成一个殴打不相识的女人的野蛮人了。你一个人尽情欣赏吧,如果画里有宝贝,我不要。

我正要下台阶时,美香子又大喊道:"别走呀!一个人多无聊呀。"娇滴滴的口吻让我觉得恶心死了。对这种说什么都白搭的人,只能揍她一顿才能让她闭嘴,但这是东晓的中心地带,我也不是在执行任务,所以没法做那样的事。看来想让她明白过来是不可能的事了,于是我只能装作没听见,开始下台阶了,美香子一看,再次喊道:"等等我。"便追了上来。

"别跟来,不然我杀了你!"

"别说这样的话。"美香子并未当真,她憨憨地笑着跟在我后面,"是去坐公交车吧?那在公交车来之前,我们聊聊吧。""讨厌!""那幅画,就是那幅涂鸦。你①也喜欢吧。"女

---

① 原文称"君","君"在日语中用于亲昵地称呼男子,相当于汉语中第二人称的"你"。

孩儿完全不理睬我的拒绝，"我也喜欢哦，但在学校没有一个志趣相投的人。"

真讨厌，竟然用"君"这一昵称来称呼我，真是开玩笑。

我瞪了她一眼，她却满面笑容地自我介绍起来了。依次介绍了自己的名字、年龄、出生年月、学校名、居住的区域。我当然丝毫不感兴趣。我完全不知晓什么学校、东晓的区域之类的，所以即便听了，也像个傻瓜一样。但从美香子的口气来看，应该是相当不错的学校和高级住宅区。美香子滔滔不绝，势不可当，我则只顾着时间一分一秒地过去。焦躁，愤怒，自怨自艾，这些精神上的负担已经超出了我的承受能力。所以当美香子突然问起关于我的事情时，我是有问必答。问起名字，遂告之清信守，别名榭伊拉，然后又说自己没有上学，住所就是不断更换的租赁木屋，我尽量让自己的言行举止像个东晓人。

但我真没必要老老实实地一一回答，真是为自己的迂腐伤脑筋。这绝不是一个以杀人为职业的人应该做的。我真不明白，我是不是在哪儿和她结过仇呀。美香子似乎看出我清醒过来了。

"只剩最后一个问题了。"美香子说完后取出了"折纸机"，"我们共有吧！"

我不明白她在说什么，但还是先一口回绝了。美香子并不甘心，一个劲儿地央求："拜托了，就这一件事，拜托了。"说着说着眼睛都湿润了。

焦躁的我狠狠地打了一下美香子那位置刚好的脑袋，我已经忍了很久了，这样做应该不算过分。

"共有？什么意思？"

美香子似乎被打疼了，一个劲儿地责备我。她擦了擦眼泪，又说了一次："不要再开玩笑了！"当她知道我确实不明白"共有"是什么意思时，不禁哑然，像是发现了什么新种类的猿猴一样，好奇地一动也不动地盯着我看。

"你，怎么像个大叔级的人一样。"美香子把"折纸机"举到和自己的脸一样高的位置，"你不会连这个也没有吧？"

"有。"

"哦。如果连这个也没有，你就成神仙了。"

公交车来了，我赶紧上去，美香子也跟了上来。

"别跟着我！"

"我今天就跟着你，我要和你共有！"美香子在我旁边的位子上坐下，"手续很简单，我们交往吧。"

她不由分说地把我拽下车，又换乘了另一辆公交车。这辆车弥漫着香水的味道，一心一意地向东晓的山上开去。随着不断上升，接连近在眼前的高楼又一个个地收于眼底了，就像揭开重重叠叠的幕布一样，这个大都市的全貌一览无余。我紧紧贴在车窗上，叹服着眼下这片广袤无垠的建筑群。

"别只顾着看风景，我们说说话吧。"

美香子大致说了一遍"折纸机"的用法，又拽了拽我的衣袖，似乎是在确认我有没有在认真听。我转过头，问道："你真的是富家小姐吗？"

与其说是问美香子，倒不如说是问自己。所以，对她这种亲昵的自来熟劲儿，我也无计可施。

"没什么了不起的。"美香子腼腆地笑了笑，用手指着从这些风景中延伸出来的同类建筑群说道："真正的有钱人都在那里。公交车什么的根本进不去。"

"水神"的大厦就在其中。即便在那些延伸出来的楼群中，它也是格外高耸屹立的。我突然感觉在那些无机质的景色中传来一股血腥味，或许把整整一面墙都涂满乌黑的能源广告屏，可以稍稍缓和一下这种血腥味吧。

公交车开进一座建筑后停了下来。下车后我就任由美香子带着四处走，按她说的进行了健康检查，还买了三粒胶囊药片。

"要吃了这个才行吗？"

在咖啡馆，我胡乱喝了一口浓郁的咖啡后问道。这里四处都是摄像头，真是讨厌，当然这些摄像头都是把我当做需要特别注意的人来对待的。

"对。"美香子把樱桃撇在一边，只是用匙子挖鲜奶油吃，"吃了我们的信息才能连上。"

"吃了以后还要做什么？"

"只要吃了药就行了。"美香子把匙子送到口中，一副心满意足的样子，"吃了，稍等一会儿，祈祷，然后就是关键了。"

"没问题吗？"我问道。自己的思考内容会不会泄露，或者会不会被强行塞入别人的思维而被洗脑呢？一想到这些，我又犹豫要不要吃这些药了。美香子说："你也太胆小了。"对我的不安她一笑了之。我当然信不过用咖啡喝下胶囊这个决定了。不知道是不是发音特别合美香子的心意,她不停地喊我"榭伊拉"。我没心情理会她的恶作剧,只是一动不动地看着摆在桌子上的三粒药片。

美香子指着药片,从右边开始依次告诉我是"连接、解除、预防"。现在不需要的是"解除"药片。如果吃右边的,就会有微弱的电极通过血压,传遍大脑;如果吃左边的,则会保护我们的大脑不受思维病毒的侵害。我把中间的药片放在了口袋里。

"真的没问题吗?"我一再追问。美香子好像很不耐烦地叹道:"你真是啰唆!"她解释说输送到大脑的所有信息都得通过"折纸机"进行分析、处理、编辑,以免有害。但是,无论怎么说明,我都觉得无法接受。东晓人——特别是年轻人——把这样的事看得如此平常,真是令人惊讶,简直是太莽撞了。

我下定决心,伴着温热的咖啡咽下了这两片药。没有感到药片通过喉咙、食道,只有茫然不安。

在等待电极传遍脑部的期间,我给"折纸机"装上新的软件,没什么质疑的余地,任凭美香子指挥。

过了差不多一小时,身体并没觉得有任何异常。美香子突然说:"接下来试着和'折纸机'连接起来,然后想点什么,一开始最好是语言。"

我盯着"折纸机",心里默念着"小白"。

我看了看美香子:"这是怎么回事?"

"你是不是想着词语的时候,也同时想着图像来着?是人的容貌吧?"美香子看我没有反驳,又继续说道,"这种高级别的技术得在熟悉了使用方法之后才行。首先只在脑海中浮现单纯的词语,不是人或物的名字,抽象意义的词语更好操作。例如,幸福之类的。"

我按照她说的,只想了"幸福"两个字,这次正确无误地显示在画面上了。还是这个简单。幸福之类的东西,只存在于文字当中。于是我就不断地想些词语,重复练习熟练之后,又开始练习图像类的。如果是"折纸机"里保存的图像,还可以让它以任何形式出现。例如,我以前保存过一个蜻蜓的三分钟的动画资料,画面上的蜻蜓完全按照我的意识活动,用我希望的语气说着我希望的台词。如果能够更加熟练地运用了,好像都可以利用信息库中的幻想资料。

"好了,好了。大体上的用法已经明白了吧?"美香子看似无心地用尖锐的声音打断了我的想象,"快建房子吧。"

美香子展开"折纸机",把上半部分折成一个开口的箱子形状。我也学着美香子的样子,用自己的"折纸机"做成箱子。她一边一动不动地垂眼看着箱子,一边说着:"这是我自己的房子。"我也学着她的样子俯视自己的箱子。

"好了,我们要去这个房子了,现在里面还是一片空白。如果不想去,可以拒绝。"

话音刚落,我的脑海中突然出现了美香子。这是怎么回事?我惊讶而不解。慢慢地,脑海中的美香子把我模糊不定的狂想替换成了某种坚定的东西。

"看，想一下自己。"

受意识驱使，我让自己也出现在了脑海中。这就是所谓的和别人的思维连接在一起的状态了吧，但还是一种不安定的状态，为了让状态安定下来，好像必须得有个房子。

现实中的美香子，操作着箱形的"折纸机"，把它连接到我的上面，我那本来应该什么都没有的箱子墙壁上好像有了看上去像门一样的东西。不，不对，是大脑的某些部分确实是认为有门存在。我意识到有两个自己——能看到门的自己和看不到门的自己，一片混乱，不过还是打算无论怎样都先全盘接受下来。

"默念'要进入房间'。"

处于幻想之中的我推开重重的大门，进入房中。完全像真的走进房间一样，观察室内的一切，这种幻想带着某种现实感。但现实中的我事实上正在自上而下地盯着房子看，打翻了杯子，弄洒了剩余的咖啡。

没有家具，没有窗户，没有壁纸，空空如也的房间，只有两扇门。在进户门的对角线上还有另外一扇门，美香子打开那扇门，走了进去，我也跟在后面。

那也是只有两扇门的空空如也的房间，但是比我的那间多少大一些，墙壁是淡淡的桃红色的。

"这是我们共同的房间，再靠里面这间是我的，进来吧。"

美香子的房间铺着黄色的地毯，有床、电视、柜橱、书架，书也摆成一排。我取下一本翻了翻,竟然像真的书一样有文字、有图。她的房间没有窗户。美香子坐在地毯上说道:"因为我没有主动想要被人窥视的强烈自我显示欲。"

也就是说这好像不是为了暴露自我而设的房间,而是为了招待特定的人而设的。虽然建好了房间,但好像并没有可以招待的客人。恰巧我出现了,这是个千载难逢的好机会,所以被强拉进来。

我被催促坐在床上,于是就毫无疑问地坐下了。被子柔软的感觉一下子传到了屁股,令人难以置信的舒适。

我用手指摸了摸被子,确定一下手感,美香子立刻问我想要吗。

"我买得起。有专门做这种东西的人。"

美香子打开电视,出现了电视图像,但内容似乎与现实世界的不一样。美香子解释说是如实反映人的想象力的节目,所以会更离奇,更激进。

"你可以躺在床上睡一觉,累了吧?"

被她这么一说,我还真感觉累了,于是就躺下了,全身被一种舒适惬意的慵懒感包围着。

呆呆地望着天花板,天花板上别说图案了,连个褶皱都没有。或许我也能买点什么装饰一下,但即便是我也不会为天花板什么的花一分钱。

突然,我对自己轻松自在地待在由美香子的意识、幻想造出来的房子里的这一状况感到不可思议。随随便便地跑到别人家里，躺在人家床上睡觉，真是不可思议。与面对面相比，电话更能传情达意；与声音相比，文字更能传情达意；与通过声音、文字来传情达意相比，只通过意识来传情达意似乎更为简单。

突然，美香子骑到我的身上，我想问她干什么，却一句话也说不出来。何止如此，像被捆住一样，完全动弹不得。

美香子搂住我的脖子，好像很惬意似的在我耳边"噗噗"地喘息。

"这里是我的地方，我可以对毫无防备的人影响到这个程度。"她的舌头从我的后脖颈开始最后又滑回了后脖颈。令人不快的同时，又有一种极度的快感打消了这种不愉快，传遍了全身。美香子抬起身子，很满足地看着我，然后又再次紧紧搂住我，妖媚地再次活动起了她的手指和舌头。

或许，如果想抵抗也是能抵抗得了的，但我没有那么坚定的意志，慢慢地就完全钻进她的被子里了。

不知什么时候，我们的衣服已经没有了，两个人全身赤裸。我被卷入巨大的波浪中，潮涌席卷全身，我陶醉其中，任凭自己慢慢沉向安静的海底，什么都不能想，只是紧紧抓住眼前这一刻。

我简直无法呼吸了，就在好事将成的时候，我突然清醒过来，如果在咖啡店干这种事，真是惨不忍睹呀。我隔着桌子，拼命地打起现实中的美香子，中断了幻想，美香子连人带椅子一起重重地摔在地上。

"别胡闹了！"我大叫道。我心里想着没有落到拖着 O 形腿乘车回家的下场，真是太走运了。

周围的人都看着我，但我还是继续对美香子大骂个不停。在这种地方干那种事，真是神经不正常，况且我们还是初次见面。

没几分钟就出现了好几个警察，我被其中一个一下给制伏了。果真在摄像头后面严密监视来着，我的"折纸机"中储存的信息不适合这地方。

我一再强调不对的是这个女人，但勃起的那玩意儿似乎使我的话完全没有了说服力，警察们完全不加理会。其中一人温柔地扶起美香子，问道："没事吧？"

我双手被反剪身后，无论怎么挣扎也没用。扶起美香子的警察站在我面前，用鄙视的眼神看了看我的下身，一副"哎呀呀"的样子，轻轻叹了口气。我被激怒了，用我能想到的所有脏话大骂起来。

这场骚乱最终还是以美香子承认是自己的错，让警察退场而结束的。当然只能这样。我终于从那两只粗粗的胳膊中挣脱出来，然后把这些志在必得的警察们挨个审视了一遍，对着他们笑，看清楚了这些面无表情、强作平静的脸，觉得心里痛快了。

不过在这种态度的背后，我还是害怕发憷的，心里想着："缔结治安契约，真是太好了。"如果没有缔结此类契约的话，那么警察们为了保证财源，就会把我强行带走，敲诈搜刮一番，说不定最后会落个横尸荒野的下场呢。那就和我在此之前看到的暴力组织并无二致了，卖弄自己的势力，威吓别人，然后收取保护费，只是这一行为获得了国家的认可证书。

我坐在座位上，打开美香子的杯子，慢慢恢复了平静。然后又问坐在对面蔫头耷脑的美香子是怎么回事，但美香子只是把头压在桌子上一个劲儿地道歉。这也会把我惹怒的，仅仅道歉就能了事吗？还是打算就这样用桌子把脸压扁呢？

但最终我还是以宽厚之心原谅了她。当我又一次问是怎么回事时，美香子完全答非所问了。

"只是一时冲动。"

"我不是问这个。我想问的是怎样做才会在幻想中也给人以那么大的刺激。突然骑到我身上抱住不放的理由，除了冲动还能有什么。"

"啊，你说那个。"美香子把樱桃放到嘴里，高兴地打开了话匣子，"这不是什么了不起的技术，只要掌握了技巧，谁都能做到的。"

"其他的刺激如何？比如让别人大吃苦头呀，让别人沉迷其中呀之类的，也能做到吗？"美香子以老师的口吻回答道："能做到，但因为得反复思忖，所以会轻易就逃掉的。"

但我当时完全动不了了。不仅如此，我还随波逐流，最终受了美香子的诱惑。这难道不是洗脑吗？我严厉地盘问起美香子，她泪眼婆娑地说："那是因为在我的房间里。如果稍稍意志坚强点儿，也是能动的。即使不这样，如果在现实世界里稍微接受一点刺激，就能从中逃离出来。"

"那我十分困倦是怎么回事？当然，这种事儿也是能做到的。"

"是的。好像有把这个当商品卖的房子。但是只要自己不主动去那里，是没事的，因为有预防药保护。"

不太明白美香子的话，但姑且就当是这么回事儿吧。

"如果自己主动走进去，则药物就失效了吧。"

"是的。"她点点头，认真地看着我，"所以请不要去。去了的话，就变成个废人了。"

我做不到。虽然被忠告了，但我还是不经意间成了那里的常客。

一找就能找到。操作着"折纸机"，把所有的快乐和不快都收入其中，假想空间的地图随着指示不断交替。一开始的时候，我仅仅是好奇，慢慢就变成一种无法抗拒的欲望了，犹如夜晚的飞虫被强光吸引飞过去一样。

自己一个人也能做到，没必要非得去那种地方，我对自己的这种爱好和快乐真是费解。无论如何，只是自己一个人做的话，刺激的种类不一样，不能精确地控制刺激的大小，只剩下焦虑了。

在所追求的快乐当中，当然也包括性欲上的快乐，美香子好像并不喜欢。我一去我们的共有房间，她就一定会发现并且追来骂我。"龌龊！"我真不理解，她既然拒绝和我有关联，又何苦花钱来这种地方呢？

理由很简单。这样更省事。设定的是只要进入房间，就能够自动享受到最大限度的快乐。知道这一点后，连爬楼梯都觉得麻烦了，美香子的形象即使到现在对我来说都太逼真了。

"你已经成了最差劲儿的狂想中毒者。"美香子不屑地说。我把怒气转嫁给幻想中毒的我，顽固地对美香子进行拳打脚踢，但也绝不是林藏施加给我的那种野蛮暴力。因为稍一清醒，就能轻而易举地从中脱离出来。美香子虽然挨打也拼命缠着我不放。当我偶尔用刀对她乱刺一通的时候，大概是本能反应，她就会从假想中逃离，但又会马上返回到假想中。也就是说，这已经成了一种游戏。因为是游戏，我也不会真的侵犯她什么。

如果说征服有点可笑，但现实世界中的美香子十分依恋我，言谈举止越来越亲昵。一点儿都没透露给她去欣赏涂鸦的日子，但她从共有房间中可以轻易地识别出我的想法，那天一定会请假不上学跟我去。

有一次看涂鸦时直接问了她一次。问她为什么分心，家人不担心吗之类的。在共有房间中显示的她的意识部分几乎没有关于她家人的信息。但对我来说，这正好。多余的信息少的话，她才能轻松找到要找的涂鸦信息。不知为什么，我总感觉有不可避免的事情要发生。我们俩在共有房间时，除了涂鸦之作，就只是互相对着骂，对着打了。对我来说，她就是这样的对象。

美香子一挨打，就会大骂个不停。这非但没能治愈我的幻想中毒症，反而加剧了。性欲的快乐也不至于如此，沉溺于毒品快感的状态惨不忍睹，每两天就得去一次"快乐房间"，沉溺其中。

后来，我知道了有专门聚集享受假想快乐人群的店，决定自己也去看看。

进入假想空间之前和之后，看到的外面的景色截然不同。在此之前，我从来没有注意到自己一直和东晓本地人不一样，他们好像总是在听着音乐什么的，一边走在人流中一边沉溺于假想的世界。既有戴着眼镜、皱着眉头，面部表情奇妙，用"折纸机"搜索信息的男人，也有步履迟缓的老妇人，她牵着的小狗几次三番回头张望，还有推着婴儿车的主妇们。他们都一边生活在现实中，一边又沉醉于另一个与现实格格不入的世界中。这一点可以清清楚楚地看出来。

在地下商业区的附近，好像是中产富足阶级生活的一个住宅区中，有一家不起眼的咖啡馆。这家咖啡馆就是那种地方。从这家店仿砖砌成的漂亮外表是完全看不出来的，但一推开那扇厚重的门，马上就会感受到流露出的那种怪异。人们恰如其分地进入店内，没人吸烟，但好像罩着一层膜似的，白茫茫的。客人们一副失魂落魄的样子，在桌前托着腮凝视着窗户上映出的身影。在店中轻轻流淌的忧伤的钢琴声好像让他们更容易陷入假想。

我找了个空位坐下，向穿着黑色围裙的黑发店员要了一杯咖啡。在我作假想准备的时候，咖啡泛起黑色的波纹。

所做的和一个人做时没什么区别，只是周围的人和我一样都在进行着各种各样的假想，沉浸其中，垂涎欲滴。我想在这里的人可能都是为一种类似于和缓的连带感之类的情绪而聚集在一起的吧。

当然，我也有这种情绪。但假想开始后，我还是像往常一样，一溜烟地跑向"快乐房间"。和别人之间保持这样的关系是最恰当的了，不给予，不索取，虽说齐聚一堂，但并不打算要彼此分享。

我一边喝着咖啡，一边独自享受着假想的快乐。漫无边际，有好几次把咖啡都洒了出来，把衣服染成了茶色，溢出的热咖啡还经常让我的假想烟消云散。

我很中意这地方。虽然不频繁，但只要有集中的时间，就会习惯性地去那里，特别是执行完杀人任务的第二天，肯定会去。

在此期间，我渐渐知道了那里的一些约定俗成的规矩。比如过了正午后，还点早餐套餐的人是在寻找共同享受性欲快乐的人；一直留到关店时间的话，就意味着寻求在现实时间中发生肉体关系的人。因为担心自己不知道在哪里会违反什么样的规则，所以我总是坐在同样的座位上，点同样的东西。

在沉溺于假想时，经常也会有杀人任务不期而至，这让我十分厌烦。只要一想到"死亡"这一在人生中仅次于出生的繁华盛事，我就会郁闷不已，最终导致假想中断，而且都是些陌生人。这和让不认识的女人怀孕是一样的令人郁闷。

所以，当一个络腮胡的男人坐在我对面时，我马上意识到了。因为突如其来的杀人任务让我的精神受到严重摧毁，所以一下就中断了假想。但这次仅仅是和先生四目相对,并没有介意,又马上返回到假想空间。为了忘掉又有杀人任务这件事,我比平时更加努力地享受着这种快乐,在房间里狂闹起来。"呼呼"地摇着头,手舞足蹈,不停地摔倒爬起来。

不知道什么时候,幻觉侵蚀了现实。我完全失去了理智,在咖啡店里推翻了桌子,随手乱扔摆在架子上的装饰品。直到先生把我制伏并强行灌下我药片,我才渐渐恢复了理智。

先生确定我已经恢复了理智,微微动了动胡子,心满意足地笑了。

"最近,经常来呀。"

我吃惊得连道谢都忘了,只是看了看附近散落在地上的菜单。没什么变化。如果被找碴儿就麻烦了,所以我漫不经心地胡乱附和了一下,挣脱压在肩上的强硬的双手,站了起来。

但先生好像不解其意,反而更大声地说道:"你,杀过人吧?"

我因为愤怒感觉脸部发烫。刚刚胡闹了一通,再加上杀人的话,就只能是个心理变态的人了。而且事实的确如此。这个男人有什么权利扰乱我这微不足道的日常生活呀。当然,胡闹一通的我也不对,但这是我和咖啡店之间的问题,凭什么让这个素不相识的穿土黄色工装裤的络腮胡男人泄露我杀人的事呢?我好不容易装扮得与这个咖啡店相称了。可是……我对先生怒目而视:"胡说八道!你怎么会知道的呢?"

"无论你怎么装扮,身上那股味道都是不会消失的。"

胡说!肯定是不敢亲自动手但又想杀人的胆小鬼四处打

探了关于我的事情。我就快要忍无可忍了,所以只说了一句:"让我走。"声音愤怒得都有些发颤。

"我好像让你生气了。对不起呀。"先生道歉说,"所谓的'味道'是瞎说的。我以前在军队待过,是这个原因。"

店里瞬时紧张起来,光照下的客人全都向我们看过来,听到"军队"人们可能想法各异,但感到愉快的肯定少之又少吧。

我赔偿了损坏的家具用品,被一贫如洗地赶出了店门。先生也跟着我出来了。这种悲惨的状况让我有一种虚脱般的乏力感。就这样又得回到举债度日的生活中去了。如果运气不济的话,说不定又得沦为强制劳工呢。

我在前面走着,先生跟在后面,我便随口问了句:"在哪儿调查到的?"

"没有调查过,我不是说了嘛,我在军队待过。有时候我们的调频一致,无意中也就知道了。"

"恐怕是因为他也接受过杀人任务吧。"我想,"所以思维才会不设防吧。"

但是这个男人为什么会在那里呢?如果和我没有关系的话,一个面部表情正常的人不应该出现在那种地方。那是一个专为沉醉于假想乐趣的人而设的地方。先生笑着说:"理由很简单,在那里变成冥想咖啡店之前,我是那里的常客。我的作品构想只在那家咖啡馆才能形成。"

这和我无关,现在这里已经变成了假想者的集散地。如果以后还打算去的话,那么他这颗军人的脑袋该怎么办呢?

"吃药!那样的话,脑袋里的电极就会消融,消失。"

"你呀,已经是个地地道道的瘾君子了。"

"闭嘴!"

"我也吃过,吃了以后,就从一个军人完全变成了一个像在市场公开兜售的别的家伙,但是本性并未改变。"

"你总是烦扰别人,离远点!"

"我说,别这么冷酷无情嘛。"先生说完亲昵地拍了拍我的肩膀。我的态度之所以变得冷酷,是因为你是个军人,我并非一个怀揣恶意的人,但把他人和自己的思维合而为一,然后采取行动的某排成员,在我看来,已经不是人类了,而是守卫女王的蜜蜂或蝼蚁之类的。在人类社会之外,即使多多少少被伙伴同化点儿也没什么,但是在社会大家庭内,如果想要活下去,就连外表也应循规蹈矩吧。换言之,就是与顺应"民意"对等交换。

为了获得信息,首先就得获得对方的许可,并且按照获取信息的价值也给对方提供相应程度的信息。换言之,为了获取大量信息,必须在信息的海洋中深入挖掘,只有挖掘才能提供相应程度的大量信息。所以假想空间也是存在于深层地域的。但军人不经同意就干些犹如从水面向海底垂钓之类的事,还是令人厌嫌的。首先,请征得对方同意,而且要给予。

先生也意识到了这件事,所以后来对我说他特别希望得到我的帮助。但此时,他还不是我的先生。只是个令人不舒服的大叔。

我忍无可忍了，上前一把揪住先生的衣服前襟，威胁说："立刻消失！"我原本也没认为会对这个昔日的军人有什么作用，只是想告诉他我的感受。但先生毫不介意，推开揪着他前襟的手，开玩笑似的耸了耸肩。

"杀人犯，好可怕呀，好可怕。"

"别胡闹了！这应该是我的台词，混账军人！"

"不错，我确实也是个杀人犯。但我只杀那些主动放弃生存权利的人，当然，那个时候我的生存权也被上司剥夺了。"

"那又怎么样？"我不屑地说道。这不过是军人的一家之言，多少应该隐藏些什么。

这样一想，我突然想要确定一下。

"嘿，怎样才能分清军人和非军人，你能吗？"

"简单极了！"先生自嘲似的笑了笑，"没有分辨的必要，如果我表现得飞扬跋扈，那些家伙就会随便放弃生存权的。"

令人不寒而栗。无论谁，大概都想对在别人的土地上胡作非为的人扔一块石头吧。就这样，也就是说我已经成了现成的军人。

"差劲儿。"

"说什么呢？现在更是如此。想要调查什么立马能查到吧，轻而易举的。"先生指了指我的口袋，"无论在哪里，都叫嚣着什么信息呀，真相呀，但到头来没有一个人真的想要这些，人们想要的只不过是不强也不弱，恰到好处的刺激。所以最终找到的只不过是些感觉麻木的家伙。是吧？"先生征求我的意见。

下了台阶，在站台等车时，先生依然继续他的话题，好像是要连沾在身上的污垢也要一一打落似的。"这个世界无论什么时候，都展现出一副复杂的样子，但谁都看不到。而且现在还有人怂恿大家故意不去看这些。也有人在揭露这些。不要问为什么，当然只是为了刺激。即使里面掺杂着某些利害关系，但最终推动人类这样去做的只是快感、好奇心、焦虑感、憎恶感，归根结底，是刺激。"

"所以就应该在那些唾弃你们的老百姓身上用刀或用枪开个洞吗？"

"是呀。"先生只在一瞬间流露出看似痛苦的表情，"那样做没有什么刺激。感觉不到刺激，还得一再地去干充满刺激性的事情，思想会变得异常，但也没有办法。"

我不由得想到自己是不是也快成那样了。什么也不想地一再杀人的话，久而久之或许也会不正常了吧。或许躲避在假想空间也是一种自我防卫意识的表现吧。

车来了，正要上的时候，先生突然抓住我的肩膀阻止了我。"跟我来！"先生只说了这么一句话，就转身向出入口走去。我完全可以不予理睬，自顾自地上车，但想着晚乘一班车也无所谓，便追了上去。

先生在一面墙前停了下来，墙上有一个罩着金属丝网的通风口，靠近脚边。他从口袋里掏出工具，旁若无人地灵巧地取下金属丝网，然后丢到一边儿，从那里一下滑了进去。我问这是干什么，先生只说了句愿意就跟上，没办法，我也就跟了进去。

一走下锈迹斑斑的梯子，就觉得这地方眼熟。"是风道。"我嘟囔了一句。先生很意外似的问道："你认识这里？""杀人时作为逃跑通道。"我随口答道。

依然是迎面吹来的风，但这个风道风势没有那么大，所以走起路来也没那么费劲。我一边听着先生不着边际的话，一边忽左忽右地走在蜿蜒曲折的管道之中。不知道是不是路线曲折、脚下不平的原因，我突然觉得眼前一晕，差点儿蹲在地上。我只好用手扶墙，一边找准平衡一边默不做声地继续跟在先生后面。

最终到达的地方也很眼熟。先生似乎是想问我这里怎么样，张开双臂让我看展现在眼前的景色。

"你以前不知道有这样的地方吧？"

林立的风车旋转不停，往下一看，在异常宽敞的地域角落中，有一些像模型大小的，用蓝色防水布做的帐篷。往下看也很高，估计如果跳下去，是非骨折不可的。

"我们怎么过去？"

先生又从口袋中掏出两副带吸盘的手套，一副自己戴上，把另一副递给了我。从管道中伸出手臂，把手套牢牢粘在发电区域的墙面上，一蹬地面，身体一转，就像顺着墙壁滑了下去。平安到达下面的先生抬头望着我，挥挥手说："下来呀！"

简直是胡闹。万一吸盘从墙上脱落,就势摔向地面,必死无疑。作为初次挑战,难度过高了点吧。

先生似乎完全不在意我的心情,一个劲儿地招手示意,他的头发在风中飘舞。看到这些,一股无明之火"噌"一下蹿了上来。无论如何,不打他一顿,我是痛快不了了。我终于下定决心,贴在墙上,学着先生的样子滑了下去,竟然出奇的简单,再看看先生的脸,又觉得不至于打他一顿了。

发电区域还是和以前一样狂风肆虐。如果双脚不使劲儿牢牢地站稳,似乎都能被刮起来。还先生手套时,也是小心翼翼的,以防被风刮跑。

"为什么带我来这里?"

我和寄身于此的家伙们可没有什么要说的。这些流浪者只不过是在我身穿沾满血的衣服时,时不时与我擦身而过的人,仅此而已。

"你好像对军队相当感兴趣,所以我想给你介绍一下。"

"我不感兴趣。"

"别这么说。和你杀人犯的身份是相吻合的。"

然后,先生根本不容我分辩,弯腰向蓝色的帐篷走去。

佳其姆好像完全不记得我了似的,只是一看到先生,便热泪盈眶地抱住了他。先生在被她抱住的时候,脸被那犹如金属丝般的头发碰到,一时很不愉快地绷了起来。但之后与佳其姆面对面时,立马换成了一副和气的笑脸。

"你怎么回事嘛!"佳其姆颤声说,"也不和我联络,突然就……"

"对不起。"先生道歉的声音十分冷静，而且继续以这样的声调说道，"长久以来，多亏你的关照。"说完后，好像拜托了佳其姆什么事，而且紧接着就要她答应下来。先生做完这些后才开始介绍我。

"刚刚在咖啡店碰到的，但情投意合。我还没来得及问名字。"

我既没有自报家门也没有纠正什么。被当做情投意合应该也不会有什么坏处。佳其姆只瞥了我一眼，毫无兴趣，接着又将热切的目光投向先生。"你这个人，真是拿你没法子呀。"说完转过头冲着那些帐篷喊了一声，从里面一下拥出许多男男女女。他们缩起身子，向排列在墙面上的其中一个管道中走去。

"跟着这些人就行。"

"是的，那是我们的仓库。"

我不明就里地和先生一起跟在后面，进入被称为"仓库"的管道中，流浪者们从里面往外搬一些看上去很重的罐子。先生一看此情形，立马步伐轻快地走上前去，从一个瘦弱的女流浪者手中接过罐子。

先生把搬来的罐子放在我脚边，骄傲地说："可有好东西哟，我要让你看看。"

"我不想看。"

"别客气。告诉我什么时候有空，最好是晚上。"

除了明天，我都有空，但我并不想告诉他，我不理不睬的，在风中摇摇晃晃走进来的佳其姆插嘴说:"太可惜了!有人为了看这个,给的钱都够买一座房子的了。"

"明天晚上如何?"先生问我,"难得的缘分呀。我想尽快让你看看。"

我还没来得及回答,佳其姆已经开始埋怨先生操之过急了:"客人还没到齐呢。"

但先生连听都不听,尽管我也说自己得工作,来不了。

"你的工作,不用一直干到天亮吧。结束后过来,我等你。"完全是一副对我的工作了如指掌的口气,难道我的思维已经被他攫取了,不禁心生疑问,但看看先生的表情,好像是我杞人忧天,多虑了。可能只是他有口无心的一句话吧。

就这样在根本不知道是怎么回事的情况下,我就加入进来了。所以,无论是穿着客户部制服从职员通道进入时,还是乘坐电梯上楼时,或是在把事先配好的钥匙插入门锁时,好像总在心里的某处想着先生。事实上,把枪指向那个腹部松垮、面相狡猾的男人和那个肋骨凸显、眼窝深陷的女人时,我确实一直在考虑先生的事情。

骑在女人身上的男人和画像中的男人一致。

只需要扣动扳机了。和这个不知姓名、职业的男人的关系瞬间就要终结了。什么都不用想,只需要做这件充满刺激的事儿,尽管感受不到刺激。

但我不知道自己是怎么想的,突然把手指从扳机上移开。一下扔给了那个长相狡猾的男人,自己从怀中拿出匕首。

"开枪呀！"

我慢慢走向摞在一起的两个人。

但男人没能开枪就被我刺中，草草地死去了。

"叫什么名字？请告诉我。"我问女人。

女人一边抖着骨感的双肩，一边说了自己的名字。"不是，我问这个男的。"女人告诉了我，但我现在记不得了。

我没有杀那女人，离开了房间。我深切地感到自己的性格不适合做杀手。因为仅仅是听到对方的名字就下不了手了。

我穿着客户部的制服就向先生说的地方赶去了。袖口虽然沾上了血迹，但并不多，挽起来就看不到了。无论是遇到的人，还是公交车上的乘客，都没人怀疑。

"折纸机"引导着我来到一个孤寂的桥上，放眼望去，两岸都是工厂和仓库。在桥上站着佳其姆，还有一个穿着做工精良的西装的四十岁左右的男人和一个穿着邋遢的立领衬衫，胡子头发随意生长的精悍男人。先生不在。一问佳其姆，她指了指仓库方向。

仓库的墙上挂着一个宣传新型"折纸机"的广告，真不知道有谁会来看。我不由笑了起来。

凝神注视，透过广告屏，可以看到先生像虫子一样紧紧地贴在仓库的墙面上。

"他在干什么？"

"在做记号。"佳其姆回答说。正式的节目好像马上就要开始了。

一辆似乎处于失重状态，完全依靠惯性不断行进的带翅膀的自行车滑到了先生面前，好戏正式开始上演了。先生没有让自行车停下来，而是灵巧地飞身跳了上去。而且从事先安排在他周围的一名流浪者手中拿到一支好像是自己身长一倍的笔。先生让带翅膀的自行车一反转，然后马上把笔头对准仓库墙面，轻快地让笔滑动。在热闹的广告屏的正反面就出现了一条笔直的红线。

我一动不动地看着先生优美的动作和鲜艳的红线。

画完线后，先生把笔递给了在旁待命的流浪者，又拿了另外一支笔。然后反转，这次是斜着画了一条线。当一条黄色的线出现后，先生扔掉了笔和自行车，再次贴在墙面上。利用双手和双膝的吸盘向上攀登。一看，在先生的右边斜上方，带着翅膀的自行车在对着他的正上方缓缓滑翔。

这次，先生骑上自行车开始画些五彩缤纷的线。线条重合，五颜六色。巨大的墙面上开始渐渐呈现出一幅画，和广告图像相辅相成，营造出一种难以名状的韵味。

当我看明白墙上画的是一个从脊背到脖颈都被剖开、鲜血喷涌的人时，我完全成了先生和他画作的俘虏。身旁的佳其姆忘情地叹了口气。我特意看了看另外两名观众，他们和我一样张着嘴，出神地看着先生的一举一动。

画作一完成，不知何时已没有人了。先生和流浪者们从舞台上消失了，只在朝霞未到的地面上留下了影子。佳其姆鼓起掌来，两位观众也开始鼓掌。我这才回过神儿来，大大舒了一口气，往疲惫的大脑里输送了一下血液。

我盯着那幅画，把左手放在了卷起的右边衣袖上，突然想起了离家那天的事情。也就是阿稔打死了非法中介人那天。记得那天的夜晚不像今天这样亮，犹如沉入泥沼的一个漆黑的夜晚，但和今晚一样是个令人心旷神怡的夜晚。

无论是破坏行为还是创造行为，冲击力都是一样的，都能让我目不转睛，令我着迷。但不可思议的是，结束后留下的印象却截然不同。在那个面部溃烂的尸体上，感受不到像这幅画作的余韵，它犹如沾在风道上的尘埃，成了唯恐避之不及、令人不快的存在，也绝对不会有美香子想要寻找的东西吧。

从这天起，我便开始和流浪者一起辅助先生的工作了。这才明白，这些帮忙的流浪者都是些不可小觑的人物。推出自行车的人，打开染料罐的人，递上蘸满染料的笔的人，取回笔的人，他们的协作稍有差池，先生的工作就会停滞下来。即便说是他们支撑了先生优美的创作也不为过。

我曾问佳其姆为什么能够如此整齐划一地领导流浪者们，她回答说这些人大多数以前都是志愿兵或者通过了军人适应性考试曾被派遣到过很好的地方的人。也就是说平日里连大小便的地方都保护不好的一群家伙，竟然原来都是些精英人物。怪不得他们能记住那么复杂的顺序呢。在能够跟上他们的行动之前，我一直只负责简单的搬运工作。

尽管如此，我仍然很满足。本来不花重金都看不到的先生的创作过程，我却能近距离观赏，能第一时间和先生的作品见面。无论被这些稍显邋遢的家伙们怎样随意支使我都可以忍受,因为能够得到难得一见的东西。在未说清楚之前,"共有房间"的美香子便开始对我羡慕不已了,好像还有欢喜和感动。

创作活动都是在深夜进行的。当然这项活动本身是违法的是其中的原因之一,但并不是真正的原因。真正的原因是大多数流浪者没有签署治安契约,如果白天行动会很危险。也就是说,被那些迫害他们的人问罪还在其次,关键是他们的生存权得不到保障。无论受伤还是被杀,国家对他们都不履行任何义务。所以才特意在无人靠近的强风区搭起了帐篷。

"缔结治安契约岂不是更好吗?"我曾经这样提议过。从观众那里敲诈的钱足够了,但他们固执地坚持着自己不缔结治安契约的理由。

那就是:只有解除国外的威胁,这才是治安的前提条件。亲眼目睹了为享有和平而用鲜血染红了遥远土地的情景,或者如先生所说的鲜血四溅的行为,这些会让他们的心理产生怎样的变化呢?受罪恶感谴责应该是正常人的反应。

"或许是我们有洁癖吧。"一个人边用衣领泛黄的衬衣擦着汗,边笑着说,"不缔结什么契约,我们也能在这里生活得很快乐嘛。"

也是,连一个用伪造的通行证进入东晓,用钱买来身份的人都能不错地生活。没有稳定的工作呀,在东晓创业的梦想破灭了呀之类的,并不是什么大不了的事。因为完全忘记了东晓之外的生活。即使总觉得为了保障自身利益而牺牲他人利益很可笑，但也不会觉得特别不可思议。

本以为协助先生的创作活动可以多少治愈一下我的假想中毒症，没想到非但没有反而愈演愈烈了。从先生的画中享受到的快乐和在假想空间中直接输入大脑后感受到的快乐好像完全不同。先生讨厌我沉溺于妄想空间，所以只要在咖啡馆遇见，就一定会过来扰乱我。但我如果靠药都维持不下去的话，就会处于假想和现实的边界，模糊不清。所以就一直这样沉溺于假想，糊里糊涂地拖了下去。

因为没太大必要寻找涂鸦画作了，所以也就不太去"共有房间"了。如果问为什么，那是因为虽然美香子还是一如既往地去那里，无一例外地识破我的意识，但我既没有窥探她的意识的理由也没有要打她以泄私愤的理由。既不讨厌先生过去的作品也不讨厌暴力游戏，但直至今日，仍觉得先生的创作过程中有什么地方有些不足。

所以当美香子突然来到这个狂风肆虐的地下发电区域时，我非常吃惊。老实说，被她踏进自己的领域，我还有些不高兴。

"你问的谁？"

"谁都没问，是你告诉我的呀。"尽管我的目光充满责备，但她毫不介意地说道，"最近你不是一次都不来了嘛。怎么找你你都充耳不闻。如果讨厌我，不用四处躲藏，说清楚就行了！"

诚然如她所说，无论她怎么联络我，我都不加理会。我的确不好意思开口说已经没必要使劲打你，利用你了，所以不要联系了。所以就想顺其自然地自生自灭吧。先放在一边不管了。结果拖泥带水的后果出现了,终于来了这场突然袭击。

美香子说:"无论如何请来一趟!"所以我就边继续做下次创作活动的准备工作,边踏进了久违的"共有房间"。

房间里凌乱不堪,连个插脚的地方都没有。书呀,杂志呀,扔得满地都是。又旧又小的电视机呀、收音机呀已经坏了好几台了,里面的零部件都露出来了。我手上的杂志登载着我的意识内容,是插入画像的文字形式。

"这是怎么了?"

"因为你不来,所以我整理不了,很麻烦呢。我想把自己的和你的区分开,却成了这样,只能麻烦你了!"

我把手里的杂志扔到地板上,又捡起了别的杂志,随手一翻,发现记载着她近期的活动,当然也是插入了图像的。

墙上也满是写着我和她的信息的贴纸。用手一碰其中一张,竟然浮现出了图像。突然又以尖锐刺耳的音量叙述了她几天前那些不得要领的思考内容。比如三明治中面包和辅料的比例呀,同年级学生的发型呀,见不到我呀之类的,声音大得可以让房间发颤。我老老实实地来了,她一动不动地看着好像头被打了但强忍疼痛的我,脸涨得通红。

我一边在现实世界中调配着染料,一边整理、删除着"共有房间"中我的意识内容。真是轻松愉快!只需要在心中默诵就可以删除。休息的时候,我看了看她的书,查了一下她为什么来找我,总觉得她头脑中似乎有着无法去除的困惑和烦恼。

房间大致安排妥当,她总算在房间空闲的地方开始说话了:"我想让你见个人。"

那口吻委婉得像是跟父母提起自己的结婚对象。

"不想见。"

"拜托了。"

"为什么?"

"我能拜托的,只有你了。"

"你有父母吧?他们呢?"

"就是父母的事情。"

听美香子说,她的父母在她五岁时就放弃了养育义务,和国家签订了育儿代行契约。所以她一直是由政府派遣的社会福利人员或保姆来抚养的。后来如同晴天霹雳般的收养计划竟然降临了。提出这个计划的是美香子的父母。据说是因为随着美香子的成长而不断上涨的代行契约费用已经成了她父母的负担。如果能成功建立收养关系的话,她的父母不仅免于这种负担的拖累,还能得到契约上约定的钱数及答谢金。当然,对作为罪魁祸首的美香子也一样。美香子还说这对已经得不到地方自治体援助的社会福利人员来说也是好事。

美香子好像总是无法相信社会福利人员的话——"之前见过面了,对方是很好的人。"所以她拜托我和她一起去,让我帮忙判断对方是否适合做父母。

"如果一个人去会觉得不安,所以陪我去好吗?"

"如果是些差劲儿的家伙,你怎么办呢?"

"自力更生，或者被逐出东晓，去其他一些福利机构吧。"

我不知道美香子多大了，但应该和我差不多，看上去应该能自立的。突然间，我想起了香里。

一个是因为贫穷需要减少吃饭的人口而被赶出家门，一个是虽然有钱却不愿意出抚养费，但结果上是没差别的。如果说哪一个更可怜，应该是香里吧。但我还是深深地同情美香子。

"光看看就能知道是什么样的人？"我这样一说，现实世界中的美香子和假想空间中的美香子都绽开了笑颜。

在咖啡店里见到了美香子的候补父母。一见面我立马就后悔了，因为在他们的旁边还坐着那位社会福利人员。社会福利人员看上去很瞧不起被介绍为朋友的我，显而易见对我并不信任。

候补父母寒暄一番之后，马上就开始取悦美香子，送给她一个浅桃红色边缘的可爱的钟表作为见面礼，据说是两个人好一番商量、苦恼之后才买下的。如果美香子能满意就太好了。好像是时下非常流行的东西，她看上去非常高兴。但我觉得这显而易见已成了一种负担。

"虽然不能给你像现在这样的生活，却不会让你受苦的。"候补妈妈开口说道。

事实上，这位女士着装气派、举止高雅，是在妄想咖啡馆一带常会碰到的那种人。这些人经常在我面前走过，但关上门后是什么样子就不得而知了。如果能无视不想看的一切而生活着的话，倒也未尝不是一种幸福。如果换了是我，想必会欣然接受当他们的养子。难道不是很好的人吗？我主动向候补父母笑了一笑，并且在我们的"共有房间"中如实说了自己的想法。

"确实像是不错的人呢。"美香子坐在地板上抱着头说，心中的犹豫一望可知。我也能做到把她乱打一通，强迫她选择做养女，但我没有做到那分儿上去的资格，也仅限于说出自己的真实感受。

"有什么不满的？总比卖作小饭馆的陪酒女强多了吧。"

"榭伊拉，说什么呢？"美香子抬头看着我，一脸苦笑，"说的是哪个时代的事儿呀？"

在咖啡店，社会福利人员一心想促成好事："这么优秀的父母去哪里找呀。虽说算是自卖自夸，但美香子也是个很好的女孩哟。"但最后又说立刻决定显得操之过急，不如近期再让这对候补亲人见一个面，到时候就不要在咖啡馆了，最好是一起去旅行。社会福利人员丢下这样的话后，就和候补父母一起离开了。

此后，我们依然在"共有房间"继续交谈。

"那个社会福利人员已经说了，不会再见面了。"

"那现在请马上决定下来呀。"

"别开玩笑了，这是你的问题呀。"

"但是，我不知道该怎么办……"美香子嘟着嘴耍着性子，"看上去不像坏人，但总觉得有些压抑。"

那是当然。在现实中与人共同生活，必须要忍受或多或少的沉闷。和在这假想空间中与我喋喋不休肯定不同。

美香子懒得再想了，随口说了句"爱怎么着怎么着吧"便倒头睡了。

"下次见面时，如果他们再给你买了想要的东西，就做他们的养女好了。"我刚说完这句轻浮的话，便听得她嘟囔着道："我就是不高兴给父母钱。"

我们依然保持着"共有房间"的形式，但在现实世界中走出咖啡店，分手了。虽然留在"共有房间"没什么用，可我总觉得应该待在美香子身边才好，但也仅仅是在开始享受假想快乐之前的这会子工夫。我接着向妄想咖啡店走去，但美香子已经没有谴责我的力气了，所以我也没对她施行暴力。

在咖啡店前，刚刚切断与"共有房间"的联系，就看到先生打开店门正要进去。又是来扰乱我的吧。如果看我不在，或许马上就离开了吧。于是，我决定藏起来等他出来。但先生一直没出来。

无论怎么等，先生都不出来，我实在等得不耐烦了，就决定进去。低调地偷偷进去，说不定根本就不会被发现。怀揣这种期盼，我打开了重重的大门。先生正坐在从里面数第二个座位上，在桌子上摊开纸在写着什么。我一下想到是写作品的构想吧。从先生旁边走过，坐在最里面的座位上，与先生背对着背。

像往常一样，在咖啡送来之后，就开始准备假想，但突然决定回头看看。越过先生的肩膀，看到他好像要把纸看出个洞来似的死死地盯着，同时还用铅笔在上面横七竖八地来回画着，好像完全没有注意到我。我感动不已。"这就是取得重大成功的原因吧。"

后来，我觉得如果打扰到先生就不妥了，连忙转回身子，沉溺于假想中。进入"快乐房间"连接上，头疼地作去哪里的决定，比平时作决定花费的时间都长。在现实世界中也吃了比平时都多的药片，尽管如此，在假想侵吞现实之前，我也一直待在"快乐房间"没走。假想结束后，原本稍稍有点昏沉沉的大脑一下感觉清醒起来了。切断连接，又花了一些时间回到现实世界中。用鼻子吸了一口气，感觉似乎直冲脑门，我站起身来，发现身后座位上的先生已经不在了。

刚刚走出店门，就看到了先生的背影，追上去打了声招呼。先生转过头来，本来他没做什么见不得人的事，却看上去有些不好意思似的。

"你又走路摇摇晃晃的呢。"

"我坐在你正后方的座位上，看见你画的图了。"

如果此刻没有看到先生的画，我也压根儿不会想在水神大厦上画什么画，那也就不会死了。应该也不会在那样大的一面墙上画到天亮了。当然也就不会有客人对我的死进行推理，前来拜访小白这样的事了。

第四部 火红之鹫

> 我看着身体成形的库拉游击队,突然想起了小白。但不是最后见到的身处「火红之鹫」的小白。而是那个对我充满感情,我欺负哭了的家乡的小白。

"下面的话说到底也不过是猜测。"客人先说了这么一句后,才开始说自己的观点,"您的哥哥莲沼健没有什么所谓的政治主张,所以我也不认为那幅库拉游击队的画有社会批判意义。它本身没有任何含义,我想只是莲沼健画得最熟练,所以才画的它。那么含有喻义的是什么呢?那就是在水神大厦画画这件事本身,还有大厦倒塌、画也毁了这件事本身。莲沼健从先生那里学到了把创作过程本身作为一项艺术的思想。如果是这样,那么认为通过毁灭行为使之完结也并不可笑了。所以莲沼健选择了最有可能倒塌的水神大厦,通过自身的灭亡或者说毁灭自身来使艺术完结。不是这样吗?"

由"火红之鹫"操控的整个东晓如研钵状下沉的那一天,塌陷最深的就是水神大厦所处的地方。听说如果大厦没有分崩离析,依然保持原来样子的话,也只不过是可以露出地面半个头。当然,依那样的塌陷状况,是不可能有哪个建筑物会结实得坍塌不了的。话虽如此，但也是以我事先能够得知塌陷状况或者可以预测到塌陷状况为前提的。

事实上，我听明美说过那大厦周边会是受害最严重的。所以，预见到塌陷还在那里留下画是事实。但我还没有疯狂到为艺术献身的地步。献了身纯粹是干了件不漂亮的事。不过话说回来，一直活到那个时候也应该算是够走运的了。

有一天，东晓突然下沉，我也突然死了。这不行吗？若问起画画的理由，就是死后直到今天，连我自己也搞不清楚。

"我也不知道是怎么回事。"小白先铺垫了一下，又对客人说道，"你能这样理解的话，我就让你看一遍哥哥留下的意识内容吧，怎么样？"

"你有吗？"

"嗯。"

"你怎么拿到的？那些狂热者们拼命地找，也只不过在信息的海洋中找到一些毫无价值的东西。"

"有哥哥的'折纸机'就行了。"

"你竟然有这些东西。"客人死死盯着小白，眼珠子都快掉出来了，"为什么你会有？不对，谁交给你的？"

"是哥哥的熟人，这也一起交给死者家属的。"

"什么样的人？"

"一个胖胖的女人。"

客人站起来，取出自己的"折纸机"，放在手里摆弄着。

"如果有莲沼健留下的意识信息，应该一开始就让我看才对嘛，你真是够坏的。"

"太遗憾了，哥哥的人生确实没有什么可以向别人夸耀的地方。"

小白环视了一下整个房间说："哥哥以前的经历都存在这里面了。"整个房间设计的就像是把假想空间原样搬进现实生活一样，那盏蓝色的灯似乎是为了呼应小白的心情一样，突然暗了下来。

客人走到小白身后那面墙的接口处，试着建立起连接："我只是随便问问，我真的没被洗脑什么吧？"

小白没有回答，只是露出一个坚定的笑容。这更加重客人的疑惑了。

"为什么你想让我看你哥哥的'折纸机'里的信息呢？"

"不为什么，不行吗？"

"我不能理解。"

"直觉。"小白抱起双臂交叉在胸前，藏青色的墙上浮现出一些白色的斑点，"我感觉你能完全读懂哥哥的心情。就是因为这个。"

客人的推理并没有击中要害，但着眼点并不坏。这个家伙说不定会理解我乖戾的性格呢，至少比完全不明白的小白要强些吧。但当他们明白一切的时候，我的灵魂则不可能超度了。怀着这样的心思，我杀了太多的人。

我已经可以胜任辅助先生的创作活动了，但依然从事着杀手的工作。从佳其姆那里领到的钱即使不杀人也足够维持一个人的生活了，当然不是为了什么正义了，就因为从来不问原因，也不问托付人是谁，只执行命令，所以不知不觉中发现自己被列入了组织的末端，而且不能拒绝。也只能自己安慰自己说仅凭伪造的通行证和别人的身份证在这里生存的话，必须得有组织保护着呀。

我也尽量打短工，而且都是主动选择更换建筑模数、地下水利工程这种严酷的工作。这样，去妄想咖啡馆的次数也就减少了，但只要去就会待很长时间，厉害的时候能从开门纳客一直待到关门谢客。

更换能源广告屏的工作都是在夜里开始的，所以就从咖啡馆直接赶去工作的地方。傍晚时分的东晓雾霭朦胧，穿梭在白色雾气中的工人们，犹如被打烂的苍蝇腹中的蛆虫一样，纷纷从大厦中拥出，聚集在一起，形成巨大的一片，然后又形成人流。我一边小心着不被这个缓慢但野蛮的人流吞没，一边反方向前进。如果能找到同样逆行的短工，就可以紧紧跟在他们身后，拨开人群向前走了。在这些得避人耳目的短工中，有一些人一边大笑一边你一言我一语地说着"以后就专门捕捉流浪者了"，"年轻的更好卖但目标都是老年人"等。我考虑要不要大体上给佳其姆说说听到的这些话，但转念一想又觉得或许是多管闲事。更主要的是因为挤在人潮中，完全没有能力把意识内容连接到"折纸机"里。"这样能找到目的地吗？"我心里多少有些不安，但快走到时，就立马知道了是哪儿。因为只有那里，原本包围建筑物的广告屏没有了，露出黑色的墙皮。我到达时，有人正在楼下点名，发工作服什么的。我立马排队领到了工作服，但因为安全帽不够，所以没领上。

四人一组把放在地上的巨大的广告屏抬到吊车处，并把它挂在吊车上。这就是我的工作。依靠从周边建筑中泄漏出来的光亮判断出广告屏的前后面以及上下方向，这是个相当重要的差事。如果在我们这里出了差错的话，那完工后很可能得全部返工。

我和其他三个人，互相打了个招呼，就开始好好干活儿了。除我之外的那三个人好像彼此认识，但也没有多说什么话。确认好广告屏的方向后，就两人一边抬起广告屏运到吊车处，挂在上面。这种简单的工作，夜间会来回往返好多次。

东边空中的片片浮云，突然像被染成红色一样。同时，和我在同一边搬运广告屏的男子突然手一滑，被压在了下面。就在广告屏要倒下的那一刻，我抽身闪开了，所以没被砸中。"不会是我放手引起的事故吧？"片刻间闪过这样一个念头，我呆呆地看着被压在下面的男人。"快救救他！"在另一面抬着广告屏的两个男人大叫起来，我一下清醒过来。

男人已经不省人事了。我们抬起广告屏，把他拖了出来。其中一个把手放在男人肚子上，说了句："弄不好内脏已经破裂了。"正好被广告屏的一角砸中了吧。闻讯赶来的现场负责人怨恨地瞪着我们。有一个短工打算叫救护车来，被负责人大声训斥了一番，制止了。然后负责人指示同事用车送他到指定的一家医院。

　　我们被叫到事务所，负责人说是需要说明一下当时的情况。我离男人最近，应该看得最清楚，但我连他的样子都记不清了。因为我只专心地干搬运，挂上吊车这一简单作业了。负责人听了我的话，脸上露出一副似乎是看到了死虫子的表情，咂了咂舌。

　　"这个家伙曾经是一个重度的瘾君子，经常一边工作一边假想。我想这次也是沉溺于狂想中所以失手滑落的吧。"和我一组的眼镜男说道。另外一个长着像老鼠一样的龅牙的男人又补充道："以前他就发生过类似的事故。"负责人一听，好像多少放下心来，点头说了句："是吗？"

　　如果真的是因为假想引发了事故的话，那在我身上也有可能发生类似的事情。虽然在打短工时没有假想过，但在为先生的创作活动做准备工作时，经常在"共有房间"打美香子。我并不是为自己辩解什么，但要真正享受假想的乐趣肯定还是非那间咖啡馆莫属。

　　当我们三个人走出事务所时，已是正午时分了。

　　"真是场灾难呀。"眼镜说，"以后谁也不会愿意和他分在一组了。"

　　"我说忘了吧！"龅牙安慰似的拍了拍我的肩，"作为朋友，我们请你吃顿饭吧。当给你添麻烦的回报了。"

　　"你们的朋友受伤了，你们不担心吗？"

　　我看了看眼镜和龅牙，不由得怀疑起三个人的关系来。

打短工，特别是这种更换广告屏的力气活儿，应该不会是朋友关系的人一番商量后前来应征的。也可能是说三个人偶然应聘了同一份工作或者只是出事故的那个人是偶然来的。但看起来，无论如何也让人觉得三个人是约好一起来的。

我们三个人一起走进龅牙发现的一家附近的套餐店。在店里，眼镜闲聊似的说道："最近老是不下雨了呢。"龅牙随声附和着，打开了"折纸机"，发现已经一个多月没下雨了。我十分吃惊。这么久没下了吗？我怎么一点儿也没注意到呢。那水资源不足的事情可能会败露了。我突然想起那位被称作"龙"的老人曾经说过无论什么地方，水都是必需的。像维持刚刚搬运的那个能源广告屏也是。难道真的陷入水源不足的局面了吗？如果还没有的话，那身处大厦最高一层的那位架子十足的"龙"就失去了存在的意义了。

和乐观的我不同，眼镜从最近地基下沉事件的数量出发，分析出水资源已经严重不足了。

"总之，应该是已经着手开采地下水源了吧。"

用"折纸机"一检索，果不其然，因地基下沉引发的事故在不断增多。"这样的事故是不可能效仿的。"龅牙说出了自己的看法。就连没什么文化的短工都明白着手开采地下水源意味着什么。那有识之士的话，更是早就心知肚明了吧。

"如果这样的话，怎么来解释频发的地基下沉事件呢？"

我看着不知如何回答才好的龅牙，心里却想着怎么自己就没注意到地基下沉事件日益增多了呢。连知道都不知道。

即使知道，恐怕在听到眼镜的分析之前也不会想什么。这难道就是先生说的"刺激"吗？

正在出神的时候，突然和龅牙的视线撞到了一起。龅牙讨好似的冲我笑笑，就把视线移开了。这两个人的行为让我觉得可疑。我把视线转移到桌子上，突然又抬起头，发现这次是眼镜在盯着我看。虽然被我发现了，但眼镜依然面不改色地继续看我。

"你们俩，是想骗我什么吧？"

龅牙正要开口，但被眼镜制止了。

"没有骗你。我们既不知道骗人的方法也没有那种谋略。"

如果这样的话，为什么用那样的眼神儿看我呢？难道我和他们一起运广告屏，发生事故以及我们一起在这里吃饭，全都是他们特意安排的？我冷静地注视着还在看我的眼镜。

我们就这样一言不发地对视，过了一会儿，龅牙好像实在受不了这剑拔弩张的架势了，开口说道："这次事故纯属意外，我们从来没有想过要让宝贵的同胞受此大伤的。"

"这么说，除了事故以外，其他事情都是你们安排的啦？"

"怎么会呢，都是没想到的事。"眼镜向上扶了扶滑下来的眼镜说道，"我们怎么知道你会出现。"

说话的口气听上去好像认识我似的。真讨厌！我对他们一无所知。我甚至想难道是和杀人有关，但杀的对象可不会是这种汗流浃背做短工的人。

"你们，是谁？"

"先吃了饭再说吧,我们说过请你,这可没有什么别的意思。"

我们三个人一言不发地吃完饭,由他们付了账,就一起离开了。眼镜在前面走了一会儿,来到一个十分冷清的公园里。

龅牙贼眉鼠眼地环视了一下周围,确定附近没有人后,问道:"你知道'火红之鹭'吗?"

我大吃一惊。除了吃惊,再没有其他任何感受了。

"那个犯罪团伙是干吗的?"

"太无情了!我听说你以前和他们合作过的。"

"以前是以前。情况不同了,态度自然也不同了。"

"这倒是。"眼镜笑道,"我们也和以前不同了。"

"有什么事快说!"

"占用你的时间,真不好意思,莲沼健。"

我觉得自己的心像被鹭挠了一下似的。但我还没蠢到在脸上表现出来,还能做到面不改色,沉默不语。

眼镜仔细地观察了一番我的反应后继续说道:"你在做杀手吧。没有任何的个人立场。"

"嗯,但客人都是些像猪一样的暴发户或政治家。所以,对像从空中洒农药这样的恶性事件是派不上用场的。"

"我们最近换头儿了。这一位稍有点儿过激。"

"烦人。"一点也不想听,"我确实可以杀任何人,但不能帮你们。如果被'龙'发现了,可就麻烦大了。"

我杀人是绝不可以损害到聚集在水资源上的这些人的利

益的。所以不可能加入到认为水是公共资源的这些人当中的。

"是的，为我们做事将会比你平时干的这些危险得多，所以我们也充分考虑过了。给你什么样的报酬,你才会喜欢呢？"

"不行。"

我转身打算原路返回。

"你弟弟，小白。"眼镜对着我的背影说，"如果肯为我们工作，我们打算用小白的视力和听力来做报酬。"

"真的？"我又折了回去，"你们讲信用吗？"

"真的。昨天晚上工作前发现了你，所以请示了上级，已经得到许可了。"

眼镜让我听了他们对话的录音。果真不是撒谎。

"如果我不同意呢？"

"放心，这不是威胁。我们可不会干伤害同胞的事儿。"

这句话夺走了我最后反抗的力量。听到"同胞"二字，我再也无法抵抗，只能乖乖服从他们了。

"时间和目标，以后我们会通知你。"丢下这么一句话后，两人扬长而去。只剩下了我。或许是因为听到了小白的事情，我突然觉得自己十分孤独，十分可怜。看到在喷水池成群结队玩耍的男男女女、父母子女时，我感到莫名的气恼。还不知晓水力不足的这群家伙像傻子似的又吵又闹，真想把他们推进水池里去。

身心俱疲，但并不想直接回家，也不想去妄想咖啡馆，所以直接钻进了风道。

我在一个没去过的风道没头没脑地转了半天，心情平静了下来。然后借助辅助通道，不断地从一个风道走到另一个，终于来到了一个有印象的地方，很自然地向强风发电区走去。

仓库中，流浪者们正把先生画的画展开铺在地板上，调配染料，逐一检查自行车。平日里颐指气使的佳其姆竟然不在。我逮住一个忙碌的流浪者一问才知道她出去捡垃圾了。流浪者说"内心的污浊来自外部"是佳其姆的信条。

"这可真是令人钦佩呀！"

我的话音刚落，另一个流浪者差点儿把染料洒出来，接着响起刺耳的笑声。

"这并没有什么值得钦佩的。她只是去放高利贷。"

聚集在垃圾场周边的人大多都是没钱的人。听说佳其姆放高利贷给他们，然后掠夺走可以夺走的一切，等这些人债台高筑时，再让他们介绍其他人来借贷。

浑蛋！但没骂出声，或许在脸上表现出来了吧。流浪者换上一副严肃的表情，不满地说："有什么不好？"

创作活动的准备工作大致完成，在大家收拾空染料罐的时候，佳其姆回来了。我放下空罐回头一看，吓了一大跳。她的眼上一大片淤青，把整个眼都盖住了，嘴周围还满是擦过的血迹。而且从那犹如钢丝的头发一直到鞋头开裂的鞋子，全都湿透了。佳其姆好像是从兽群中逃出来一样，上气不接下气，肩膀一耸一耸的。流浪者们赶紧跑上前去，虽然佳其姆什么都没说，但一看就都明白了，纷纷去准备换的衣服，处理伤口。

"发生什么事儿了？"

我一问，正在消毒的佳其姆的脸都抽搐了。拿着纱布的流浪者气恼地说："肯定又是那群小鬼头！"原来最近这群小鬼听大人们说这个地区的流浪者大都生存权不完整，所以组成团伙对流浪者施暴。特别是像佳其姆这种外表独特的人，正好成了他们攻击的目标。只要一发现她，就会把她打成这样。那个流浪者不满地说："已经有好多人受害了,甚至有人都死了。"

"警察不管吗？杀人是违法的。"

"就算警察管，我们终究也不会被当成人对待的。"

即便这样，佳其姆也没有停止去外面捡垃圾、放高利贷。难道真的是为生活所迫吗？我很怀疑。虽然危险，但还是想和外面的世界有所联系吧。放高利贷也许只是顺便干的活儿吧。这样一想，也就不觉得难理解了。

此次准备的创作活动会在五天后举行。共有五位客人。全都是些职业不详、年龄不详的人，甚至有一位连性别都难以判定。这些人从头到脚给人的感觉都怪怪的，他们交的钱也是皱皱巴巴、脏兮兮的。甚至让人怀疑佳其姆收的那些钱是不是在什么地方伪造出来的。佳其姆掸了掸沾在钱上的泥，确定不是假币后，向我们示意了一下。

今天先生的创作依然是大胆而优美的。先生骑在我们逐一检查过的带翅膀的自行车上，挥舞着我们提前备好的笔，往那个挂满能源广告屏的深绿色的墙上着色。我从先生手里接过笔，然后贴着墙向另一个位置移动，心里还一直考虑着生存权的问题。如果生存权中也包括文化生活的话，那恐怕没有什么比得过享受此刻这项生存权的喜悦了吧。正因为放弃了人身安全，所以才不必去考虑什么法律的界限，流浪者们成了先生的支柱。在优雅挥洒的先生四周，通常会有几个流浪者和先生做着一样的事情。我望了望站在远处看先生作画，犹如米粒大小的佳其姆，突然涌上一种说不清楚的感情，于是把目光移向别处。

几天后，我好不容易才又和那些拥有完整生存权的人一起再次紧紧贴在墙壁上。原来广告屏的主人知道有人在上面乱涂乱画了，所以要求把广告屏全部换掉。我不知道是先生上次创作的地方，只是按照"火红之鹫"的命令前来应聘了这次短工。

眼镜和龅牙好像没看见我似的，选择了和其他人一起搬运广告屏。我心想最好离他们远点儿，于是选择了贴在墙上，用黏着剂黏合用吊车吊上来的能源广告屏。这项工作是由正式的公司职员指挥着机器人，而我们则是听从机器人来工作的，倒也不是非常不愉快。机器人往广告屏和墙面之间涂上黏着剂，再由我们这些短工进行细致入微的修正，好了以后就示意机器人完工。于是，不会说话的机器人就开始往另一个面板上涂黏着剂。周而复始。相比较而言，还是和人说着话运广告屏要愉快得多。

当太阳从东方升起时，先生的艺术作品也完全换成了原来的深绿色无机质广告屏。平日里辅助先生创作时，无论贴在墙上多久，都不觉得累，但这次更换完广告屏时，双臂竟然不能往上举了。

已经说好了在上次吃饭的套餐店和眼镜、龅牙见面。一进店，他们就堆出一副工人的粗鲁笑容把我喊了过去。两人坐在厨房后面一个不容易看到的榻榻米间里。不知为什么，总觉得这间套餐店也弥漫着"火红之鹭"的气息。

但眼镜还是为确保无人偷听，先闲聊了一番。

"你今天干的什么活儿？"

"贴在墙上黏合广告屏，给机器人当手下，最差劲儿的活儿了。"

"那是很不好呀。"

我们一边吃着饭，一边愉快地交谈。谈论着最近频频发生在能量广告屏上粘上死鸟，而且从专卖广告屏黏着剂的批发商那里找到了线索，很容易就找到了嫌疑人；还谈论像照耀风道的太阳能呀，用于同化建筑模数的有机能量呀等，这些都是不可能像电力一样可以大量储备的，所以现在开始用于地下坑穴的挖掘中了，这样可以相当程度地缓解工作人员的辛苦程度。龅牙笑着说："但现在频频发生能量失控，被活埋的事故呀。所以，我太害怕了，最近已经不去挖地下坑穴了。"

"但可以赚不少钱呀。"

龅牙耸耸肩对眼镜说："那可不用和命换呀。"

"我可是很佩服你呀。我即使是为了正义，也很难做到钻到地下去。"

"为什么？"我这样一问，两个人一下都不说话了。片刻的尴尬之后，眼镜放下筷子切入了正题。

"我们谈谈工作的事情吧？首先，报酬仅仅是你弟弟的视力和听力，没有关系吗？作为我们来说，还是能多少设法给你筹集些钱的。"

"不用了。"

"好吧。那么任务完成后，我们就会发给你小白的视频。我们先说明一下，小白即使接受了治疗，也未必一定恢复成原来的样子。"

"不，我不要小白的视频，我母亲的就可以。"

不知为什么，我很害怕看到重新拥有视力和听力的小白。不对，也许仅仅是不想看到长大的小白吧。不管怎样，我害怕。

"明白了，我们会发给你你母亲的视频的。"

此后，我拿到了杀害目标的图像，问清了姓名、职业及家庭构成。总觉得好像是"火红之鹫"以前的成员。眼镜解释说："换头目时，这个家伙逃离了组织，但他知道本次的计划，很可能会干扰我们，所以得干掉他。"但无论是杀人武器还是杀人场所都由我自己安排准备。也就是说，和以前不一样，不是仅按命令行事就行了，我得自己调查好杀害目标的性格、习惯，还得自己找好逃跑路线。这么麻烦，真令人感觉泄气。

但真正行动起来也就是瞬间就完成了。周密调查过的那些东西，差不多九成根本就没用上。我埋伏在目标家门前，他一从家里出来就被我近距离击毙了。血都溅到了他家门上，我来不及确认他是否死亡，就立刻逃离了现场。在我的调查资料中，只有此人出门的时间都是在极冷寂的清晨这一点起了作用。

自此以后，我就不断接受"火红之鹫"的任务，杀害他们原来的成员。我每杀一个人，视频中的母亲的装束就会好一些。蓬乱的头发上插着梳子，暗淡的嘴唇上涂着口红，穿的衣服也崭新崭新的了，脖子上还挂着首饰。母亲不知道对方是我，对着虚构的援助者一个劲儿地道谢。看到这些，我想小白的待遇肯定也变好了吧。于是更加热衷于去杀人，作杀人前的调查准备了。

我渐渐养成了只要有空就躲在仓库角落里看母亲的视频的习惯，既非思念，也非憎恶。就算有思念之情，也绝不是因为这个才看的。一边看着视频，一边想象着母亲、太奶奶、奶奶和小白的生活，总是觉得心情愉快。

一天，我把画笔调配好后，又像往常一样看视频。先生走过来对我说："最近好像很闲哦。"

我关上"折纸机"，回答说不是的。因为杀人任务增多，我已经忙得够呛了。但先生指的不是这个。

"你最近不太去那里了呀。"

先生这么一说，我意识到自己确实有段时间没有去过那家咖啡馆了。有时候会在美香子的催促下去"共有房间"，但咖啡馆确实已经在头脑中消失了。

"现在没有心情了。"

"是吗？真的呀？"先生满意地点点头，催促我快点站起来，"跟我来一下。"

"什么事？"

"我带你去个好地方。"

我半信半疑地跟在先生后面，走出风道来到外面。此时已是晚上，繁华的街道灯火璀璨，浓妆艳抹的女人，令人眼前一亮的男人们疾步穿梭于人群中，先生灵巧地从他们中穿过，最后走下一座老楼的台阶。

在前台付了两枚硬币，是先生和我两个人的，然后向里面走去。看到那里立着一个画着裸体女人的广告板，觉得好像是个电影院。先生向坐在大厅一角，正在吸烟的一位白发精瘦的老人抬抬手，轻轻打了个招呼，然后推开厚重的大门走了进去。

一走进去，一股腥馊味扑鼻而来。味道过于浓烈，令我感到胃痉挛，还觉得反胃。我使劲忍着四处张望。

屏幕上，一个裸体女人正仔细地舔舐一个看上去像男人性器官的东西，稀稀拉拉的几个客人坐在那看。在最后面的放映机旁有一排人靠着帷幕站在那里看，连两侧的过道也不时有人窸窸窣窣地来回走动。

先生拽着我的衣袖催我快走。正好有一个男人从我身后经过，感觉我的屁股被轻轻地摸了一下似的。

不是自己的错觉，每次和人擦肩而过时，都会有人摸我的屁股。太讨厌了，但也不能叫苦呀。这样一想，突然明白那股刺鼻的味道是什么了。我以前曾经闻到过，只是这里的味道太浓烈所以一时没反应过来罢了。

这是屁股的味道，我突然想起那天的潺潺河水声和温软的肌肤，感到无限怀念。先生牵着我的手拨开人群，坐到稍靠前正对屏幕的座位上。

我不明白先生的意思，只是一直盯着那个把疑似男人性器官的东西往自己两腿之间送的女人。突然我用眼睛的余光瞄见在黑暗中有两个人影向我们走来。其中一个来到先生跟前，面对先生站在他的两腿之间，然后蹲下。另一个则是站在我的两腿之间，也以同样的姿势。两个人动手解开我们的皮带，开始脱我们的裤子。

"别胡闹！"

我拼命挣扎，先生轻轻用手按下我。我看了看他，他对我摇了摇头。

"别管了。"

"但他们……"

"这总比你假想强多了吧。那些东西非男又非女的，只不过是寻求刺激的机器罢了。"先生指指屏幕，"别往下看，想象成这个女人在舔你，这是关键哪。难道这样不是种更健康的假想吗？"

"在那里我也不做这样的事呀。"即使反驳也没用，我的裤子已被褪了下来，男人的手指伸向内裤。

"试一次嘛，比那假想空间可强多了。"

我想站起来，却被力气大得惊人的男人又强行摁下，一动也不能动了。内裤被扒了下来，男人硬邦邦的手指从大腿处伸了上来。

正如先生所说的，不，比他说的还舒服。以前从来没有感受过的刺激，充斥着小腹。只要看看自己的正前方，就会完全忘掉了那是一个满身肌肉的男人的手指、舌头。

这种快乐确实是在假想空间无论怎样努力都得不到的，似乎胜过了在假想空间曾得到的任何快乐。

微温的舌头有着绝佳的技艺，官能的快感传向小腹，包围着它，让人急不可耐，而后缓缓地冲向我的那里。只要两腿之间接受稍强一点的刺激，连后脑勺都能立刻感受到那种快感，它突然像推了一把站在悬崖边上的我，我一泻而出。男人漂亮地用舌头把我那玩意儿打扫干净，整个过程我也是坚持不往下看，死死地盯着屏幕。

全部结束后，两个男人急忙起身向侧面通道走去。先生看着我问："如何？"我一时竟不知道该如何回答。

来到大厅，只剩下飘浮着香烟烟雾在吐纳着微香的空气。可能是因为嗅觉已经完全习惯了电影院里的味道，竟然感觉只有那潮湿的空气才是新鲜空气。坐在大厅角落里的老人还保持着和我们来时的同样姿势，向先生说道："请你转告佳其姆，下次拾荒时我会把多余的盒饭带去，让她等着。"

"我会告诉她的。"

和电影院相比，繁华的商业街完全就是另一个世界，灯火通明，甚嚣尘上，年轻的男男女女并肩而行。女人们唧唧喳喳说个不停，走进只是广告招牌光鲜但已稍显脏污的大厦。还有一些看来要好好享受一下夜生活的男人们。这些人没必要在伸手不见五指的黑暗中去摆弄男人的那玩意儿，都是有正经恋人的吧。看到他们，我突然有种奇妙的罪恶感。

先生要去预先检查一下创作场地，我们就此分别了。我独自享受着夜风，充满新鲜水分的空气扑面而来，我突然又想起电影院的异味。真没想到自己怎么会在那种地方想念家乡呢？难道是因为最近总看母亲的视频？

离开了繁华的商业街，我打算去爬"山之城"，是一个立体都市。如同乱作一团，满地打滚的蚯蚓一样的道路在我的头上方、前方，向四面八方延伸着。抬头看了看摩天大厦、盘根错节的道路，又往下看了看，我完全拜倒于这壮美景观之下了。如果说没有考虑美感、功能，仅仅是无计划地挥霍金钱建成的，那真是难以置信。我茫然思索着这明朗的艺术和在丑陋中熠熠生辉的艺术。先生的画也是由欲望而生的吧。

这条街上让我最不满意的就是摄像头了，但现在并不是因为害怕。刚来东晓时，确实非常小心地注意不被大街上无处不在的摄像头拍到，但现在我已经可以大摇大摆地走在街上了。虽然应该比以前更加谨慎小心。不满意的是，这些摄像头不过是机能性的摆设，根本拍不到街上的细节去。

但就是这些为了捕捉异常，机能性设置着的摄像头，那天独一无二地捕捉到了我的库拉游击队，拍下了在环绕全东晓建筑物的广告屏消失的瞬间，紧紧贴在水神大厦上的库拉游击队的画一下暴露出来，片刻的寂静后，响起山崩地裂般的巨大声响，全城下沉，塌陷，从头至尾一五一十地记录了当时东晓的一切。

特别是沉入地下的水神大厦，沙制建筑被风吹得烟消云散，从上面土崩瓦解。墙上的库拉游击队也支离破碎，和瓦砾一起深深埋在了地下。这一视频后来在全世界播放，凡看过的人都亢奋不已，并且还开展了傻瓜阴谋论、推理之类的。这可是我从未预料到的。

客人把我的意识部分和记忆部分全都接受过去后，切断了连接，看着小白。

"谢谢。不管怎样，总算明白了他的想法，真是令人感动。"

是吗？作为当事人来说，我觉得无聊极了，这些东西只不过是把一时的情感冲动化为形式而已，像深夜时写的信。如果问写给谁的，那当然是早就定下了的。

客人一边摆弄着手里的"折纸机"，一边说道："虽然对莲沼健的意识部分都很清楚了，但这真是真实情况吗？我还是表示怀疑。"

虽然在小白的身后，但客人感觉小白在看着自己。而且客人也不明白小白是怎样听到自己的声音的。

"现在这个房间里贮存的莲沼健的信息，是由他在东晓购买的'折纸机'和以前那个非实名的'折纸机'两方面的信息统合而成的，但构成基础信息框架的大部分是在东晓买的那个吧，另外那个里面只记载了莲沼健的一些外在表象，正规的这个不只有这些，包括他的记忆、思考内容也统统记录在内了。但记忆内容是否正确呢？比如，害怕看到重新拥有视力和听力的你，所以索性不看。但稍一检索会发现里面有不少你的信息，莲沼健真能忍住不看你吗？我认为不会。如果说为什么，那就是仅凭'火红之鹭'的成员说可能治疗后也恢复不到原来的样子，就把这理解为看到的世界，听到的世界将会不同，似乎是过于牵强了，稍微有点跳跃太大了。难道首先应该想到的不就是即使重新拥有听力和视力，也不会恢复到正常人的水平了吗？"

客人好像认为应该是因为通过检索就可以得知小白的情况，所以才故意不看小白的视频的。只选择自己想了解的信息，只选定自己想保存的记忆内容，这绝不稀奇。而且所谓的那些照抄在"折纸机"上的记忆内容，比原本刻在人们大脑中的记忆更容易篡改，这点是不言而喻的。不合自己心意的内容，不写就是了。

"而且与你相比，别人似乎能更加理性地看待当事人。"客人坚持说。本质这种东西，并不是什么所谓的查遍全部内容就能找到的。事实上，细致入微地观察那家伙的外在表象、举止、一举手一投足，只不过是些模糊不清的东西，所以，没被莲沼健同化，最接近事实的观察者应是那台非实名的"折纸机"，那才是不加修饰的他。

但现在说这些也不过是马后炮了。自传中确实有很多不足为信的部分，但值得探究的并不少。能获取多少真实情况，就看观察者的本事了。

客人好像是我的观察者，我依然是东晓的观察者，并非在东晓生活了很久已经无所不知了。不过最终我既没有成为流浪者的朋友，分担他们的喜怒哀乐，也没有在外面的世界中成为一个地道的东晓人。调配染料时，我是流浪者的观察者；在咖啡馆时，我是流行娱乐项目的观察者；在"共有房间"时，我是孤独少女的观察者。即使和流浪者一起作为先生的影子给夜幕中的建筑物涂色，也只有我是缔结了治安契约的人；即使完全陷入遐想快感中，我也只是一个仅靠看到母亲的视频就能走出来的伪中毒者。只因为我没有被东晓同化，所以才能屡屡杀人吧。

我杀人太多了，自从接受了"火红之鹫"的委托后，更是如此。即使"火红之鹫"原成员连续被杀的报道屡见报端，也并未收敛。

在电影院受到如此强烈的快感刺激后，为了消除这种亢奋和热情，我去吹夜风。也就是在那天，我正走在缓缓的坡道上时，电话突然响了。把大脑与"折纸机"连接上，进入遐想空间。但对方并未出现，只有声音。

"我是水资源使用决定者水神'龙'的代理人。"

"如果是委派我杀人，不必特意联系的，像平时一样随意安排就行。"

"不是，今天恰恰相反。"我懒得问怎么回事，"龙"的代理人又用那没有磁性但有种不容分辩的压力感的声音继续说道，"是因为'火红之鹫'的连续杀人事件，你不要太过头了！"

"说什么呢？"

"装糊涂也没用，总之我已经给你忠告了。如果再继续的话，我们就必定要采取一些措施了。"说完后，"龙"的代理人就立刻挂断了电话。

如果早这样就好了，但现在这通电话打得太晚了。不难想象他们为了杀人事件不败露曾经是多么的煞费苦心。由同一个人连续熟练地制造杀人事件，事情败露就败露了，但决不能牵扯到自己头上。"龙"不是那种对警察有可能会搜查到自己的地盘上还能置之不管的乐观主义者。

选举在即。无论是特区特权被废除，还是继续保持，在此之前的所有杀人任务都是为了保护水利权，艰难地死守如果不能得到胜利的果实，那就没有任何意义了。"龙"对我的警告为时已晚了吧？

我成了"火红之鹫"的爪牙，继续杀人。不知从何时开始，我开始担心如果拒绝他们的要求，家人的待遇就会恶化。我杀人越多，视频中的母亲越会深深地低下头感谢我。想画库拉游击队的念头也就是在这个时候产生的，但当时还没有要把它贴到水神大厦上这种具体的想法，我问佳其姆能否使用仓库最里面那块地方，一得到许可就立马采购了大量的纸张，并且从先生那里要来多余的染料，一张张地涂色。开始的时候，流浪者们都很好奇地围过来开玩笑说:"你打算模仿先生吗?"但看我完全沉溺于绘画,没有一点反应,顿觉扫兴,慢慢也就没人再靠上前来了。我就是我,渐渐地我连先生的忙都不帮了,只顾蜷在仓库最里面的这块地方。所以和流浪者们也日渐疏远了。

我通常在仓库里忙个通宵达旦,早晨别人上班之前,我则返回租赁的木屋,稍睡一会儿。清晨是东晓最安静的时候,也是我最喜欢的时候。杀人任务也多在这个时候执行。

清冷的早晨,垃圾到处都是,宛如猎狗残食之后剩下的。纸、玻璃、碳素制品,散发出一股怪味,不可思议的是我并没有觉得不快。或许是冰冷的晨露麻痹了我的不快神经吧。应该不会有比现在更让垃圾如此凸显它的存在意义的时间段了,但我全然不介意它们的存在。

或许佳其姆也是因为同样的原因选择在这个时间段捡垃圾的吧。容易找到垃圾,又不会感到不快,也基本不太可能被那些小鬼欺负。

从风道走出来到大路上,走了一会儿看到佳其姆和大约十个同伴正在一起弯着腰捡路上的垃圾。其中就有那天在电影院看到的瘦老头。听不到他们在说什么,或许就没说话吧。看不出干劲十足,也看不出他们被逼无奈,只看到他们放松地看着地面,把捡到的东西一一装进口袋,感觉他们似乎在度过一段幸福的时光。本想打个招呼,但在车行道的另一侧,算了吧。

但突然发生了让我不能坐视不管的一幕。周围响起一阵刺耳的笑声，有三个比我还要小一些的小鬼从小巷中走出来，围向捡垃圾的这伙人。他们朝腿脚不灵便的老人吐痰，老人赶紧躲开，他们拍着手大笑，然后又旁若无人地站在继续捡垃圾的人旁边撒尿。隔着马路也能看出来他们喝醉了。

三个小混混发现了佳其姆，立刻互相耳语了一番，然后一致把目标对准了她。他们抓住那犹如钢丝的头发捉弄她，又抬脚把她踹倒。袋子里的东西一下散落了一地，小混混们发出刺耳的大笑声。其中一人拿起袋子，口朝下，把里面的垃圾全都倒了出来。

佳其姆抢过袋子，一声不吭地把垃圾重新收回袋子。这种沉默更让人觉得可怜。小混混们接下来更过分了。一把推倒佳其姆，她的后背重重跌在硬邦邦的地面上。她一挣扎小混混们就踢她，最后竟然从怀中掏出匕首。

我急忙穿过车行道下面的通道跑了过来。脸被匕首击中的佳其姆正流着鼻血，瑟瑟发抖。一起捡垃圾的同伴是不可能出手帮她的，都装作没看见。当然，警察就更指望不上了。

我插进佳其姆和手持匕首的小混混中间，把佳其姆扶起来，然后逮住那瘦老头，让他去给她包扎一下。三个小混混不服气地瞪着我，我主动逼近他们，抓住一个人的手腕去夺匕首。这群小混混不敢砍生存权齐备的我，我一下就把匕首夺了过来。

"假装正义呢。"

其中一个扫兴地吐露出不快，然后三个人冷笑着看看我，甩手从我身边走过去了。

我来回看了看他们的背影和手上的匕首，突然快步追上去，刺向一人的后背。被刺中的家伙惊慌失措，恸哭起来。我把匕首从倒在地上的这个家伙的后背上拔出，又一次从侧面刺穿了他的脖子。

他立马断气了。

剩下的两个酒劲一下吓醒了似的，脸色苍白。其中一个看看倒地的同伴又看看沾满鲜血的我的手，大叫道："你干什么？"声音颤抖而嘶哑。

我恢复了理智，心想不妙。我单膝跪地，抬头看着剩下的这两个混混，脑中闪过一丝念头：应该处理了他们！回头一看，捡垃圾的团体都呆若木鸡齐刷刷地看着我。看来不让此事外传已经很难了，只能断了这个念想了。

我对两个混混说："马上消失！"两人好像松了绑一样，转过身一下就跑得没影儿了。

于是，我就在全东晓成了一个姓名、年龄、经历不明的指名通缉犯了。

当然也不能再帮先生搞创作了，也不能租借仓库最里面那块地方了。手上沾的血还没干，我就返回了仓库，用偷来的手推车装上我的全部作品，开始搬家了。

后来我寄居在一个不爬着走就过不去的狭窄风道里。作为一个通缉犯，应该有个像样的隐匿处才对。这里风非常大，连呼吸都觉得困难，但因为这里连流浪者、犯罪分子都不会来，所以可以安心入睡。为防止作品被风刮跑,就捆成一捆捆儿的,在墙上挖了个洞,藏在墙壁里侧的电线之间。

我选择在天亮前几十分钟的时候出门。此时,享受夜生活的人刚刚回家,上夜班的人还没下班。我会在这个时候洗干净头发,擦拭全身,出门捡垃圾。除了吃的以外,任何能用的东西我都捡。例如,女人的假发、眼镜、剃须刀、做笔记用的东西、用完的化妆品、杂志、钱包、打火机,总之什么都捡。如果白天必须出门,则男扮女装出去。

当然,正规渠道买的"折纸机"已经停用了,所有信息都从那台非法改造的非实名"折纸机"中获取。所以自然也就中断了和"火红之鹭"以及水神"龙"的联系,杀人任务自然也就终止了。

不能与人照面的日子很快就陷入困境了。无论多么完美地乔装打扮,买东西时一付钱,通过电子信息立马就会留下线索。如果是可以用现金支付的店,店主一旦发现我这个通缉犯,肯定会立马喜出望外地去通风报信。或许离开东晓,能过上稍稍正儿八经的日子,遗憾的是,又没有通行证。我在东晓这个巨大的死胡同里,只能坐以待毙了。

打破这种穷途末路状况的纯属是一件偶然事件。

当时我正趴着睡觉,突然发现天亮前的公园长椅下有一枚硬币,我正伸手够的时候,突然背后传来打招呼的声音,命运自此转机。

"你是清信守吧?"

声音小的还敌不过树叶上落下的水滴声，回头一看，在路灯下站着的是明美。明美和当时在军事特区见面时一样，把长发编起来盘在头上，依然相貌朴实无华。

我半天都答不上话来，看着她的脸，懒得去判断是敌是友。明美看着一屁股坐在地上，吃惊不已的我，微微扬起嘴角笑了笑，说："我不会把你出卖给警察的。"

然后，我就跑到明美的住处寄居了。是一个位于通风不畅的地下街道某小巷的某公寓的某房间，虽然多少有股霉味，但与呼吸困难、狂风肆虐的风道相比，已经是极乐净土了。不必再为食物担心了，我过着像猫一样舒适的生活。

因为组织换了头目，明美也离开了"火红之鹫"。也就是说，如果继续接受任务的话，明美也会成为我的目标。但不凑巧，我没有收到杀害明美的指示。如果接到指示，立刻就可以在明美的眉宇间开个洞，把她作为小礼物送给"火红之鹫"，或许会受到组织的藏匿保护呢，那可比在这里有保障多了。

"那家伙怎么样了？那个肌肉男。"

有一天，我突然想起来便问起了明美。

"好像死了，出了事故。"

工作归来的明美脱下衣服，只穿着贴身衣裤回答说。

"真的？"

"死了是真的。但是不是出事故死的就不知道了，好像家人连遗体都没见到。"

明美的口气好像是说不是出事故死的。如果尸体被藏了起来，我也会这么想。或许成了新兵器的试验品，成了别人赚钱的垫脚石了。不经过实战，又想证实武器性能，卖个高价的话，除此之外，别无他法。

"节哀顺变。"我一骨碌躺下，说道。明美好像很不愉快，扬起眉毛瞪了我一眼。这是第一次看到她如此强烈的情感表现，我不由感到一阵冲动。

"也许，我们的日子也快到头了。"明美穿着贴身衣裤打开冰箱，取出一罐啤酒，"因为半个月后，东晓就会毁灭了。"

"那可麻烦了。"

我根本就没当回事儿，我觉得明美真是个会开国际玩笑的女人。

"'火红之鹫'委派你杀人，就是为了让计划不受干扰地如期进行。"明美咕咚咕咚喝下啤酒，"我可从来都没想过阻止这个计划，只想夹起尾巴走人，我已经拿到通行证了。"

"我很想知道毁灭东晓的计划。"

明美把啤酒放在餐桌上，又打开冰箱拿出一袋蒜肠，胡乱撕开后，把蒜肠放到一个已经在厨房水池边上搁置数日没用过的盘子里。她劝我吃点，可我一点食欲都没有。

"计划在地下二十个地方引爆释放出的太阳能及有机能量。他们已经知道在哪儿爆破更有效力了。"

"只引爆二十个地方就想让东晓毁灭，有点太夸大其词了吧？"

"嗯，如果是以前，也许是这样。但现在东晓因为水力不足，地下水脉已经尽是空洞了。稍受点冲击，就回土崩瓦解。如果发生大爆炸，东晓必沉无疑。"

我突然想起眼镜和龅牙也说过这种话，装作闲聊的样子特意随口说出来的。是试探能否拉我入伙，还是在笑话我无知呢？或者只是想说？虽然知道了原因也没什么用，但如果让我再遇上他们一次，或许会给他们一拳问出个究竟。但仅仅为了这个再麻烦缠身的话，岂不是太可惜了？

"已经这样了，为什么'龙'他们什么都不做呢？"

"为了给大家一个自己很好地在控制着东晓水源的假象。如果现在被发现了水利不足，会影响到选举大局，而且有可能会被剥夺水资源控制权。所以直至今日，东晓周围仍然弥漫着防护雾层。为了保持东晓境内不干燥，全城喷雾，能量广告屏也一样保持着湿度，也没有限制生活用水，所以市民们什么也没有察觉到，像平常一样过日子。"

"那是从地下水脉上抽出来的伪装繁华？"

"的确如此。"

"地下爆破吗？我不明白是什么意思。"

"我们曾经一直愤慨不已，对这些愚蠢的国民。比如，出口高价农作物，大量进口平价或低价农作物，这得建立在多么大的牺牲之上呀。为什么国民完全没有意识到呢？为了确保贸易路线的顺畅，出现了多少牺牲者。因为低价购买，多少贫困阶层的人濒临死亡。作为没有醒悟的国民一员，我懊恼不已。当然不仅农作物，可以说所有的一切。"

我听到明美说的是"我们",对明美而言,"我们"也即是国民的一员。

"如果以检索到的信息正确为前提,那么国际市场应该是自由竞争。"

"这个前提本身就是错误的。国际市场还没有出现可以允许自由竞争的稳定态势。即便现在连每个人的意识、情感都可以通过'折纸机'收集、分析了,但这并不能完全掩盖信息的传达和判断之间的偏差。如果说为什么,那是因为经济活动本身如果没有误差的话,也是无法实现的。开发和生产,出售和回收,高级和低级,金融和实体,如果任其发展,偏差会越来越大,就连人的性命也可以在自由的名义之下任人摆布。"

"也就是说你讨厌这个浑浑噩噩的国家喽?如果这样,不要干些毁灭东晓之类的事,发动个武装政变岂不更好。"

"国家既然是脱离于国民之外的存在主体,那么在掌控国家时,施与国民的影响虽不能说一点也没有,但效果不会显著,很可能是徒劳一场。与此相比,促使国民觉醒是首要任务,国民觉醒了,重新夺回主权地位,国家自然而然也就会发生变化。"

"难道你认为让东晓爆炸毁灭掉,国民就觉醒了吗?"

"我认为是做过头了,如果行为过激,反而没有人会注意外部的世界了。但现在'火红之鹫'的成员不这样认为。他们认为如果就这样下去,被保护在社会之内的人连看看自己映在窗帘上的影子这样的事都不会做。如果让生活在社会内部的人，经历和自己相同的事情，心情低落，则会想要打开窗帘看看外面的世界。"

"难道你们没有意识到社会内部的国民会以做那样的事为傲吗？"

"但现在外部的人想冲破幕帘都冲不破。因为国民不安于这种安逸的生活，所以对外部的干预反应极度敏感。和心象一样，同外部世界完全隔绝的话，也不会有什么反应吧。"

许多人选择了不去看，虽然明知确实存在一些事情，比如在一些贫困的农村，为了减少家里吃饭的人口，把刚出生的婴儿杀死；也有一个靠走私和偷渡生存的港町。即便不知道名字、地点，但许多人知道确实有这样的事。

所以，"火红之鹫"慷慨陈词："要把这些公之于众。"这是一个认为通过这样做就可以改变这个世界的天真的激进派。

或许会改变，我心里想。但不要掉以轻心。如果认为世界会按你们的想法运行，那就大错特错了。这个世界可没有那么单纯。即使你们没有特意让它曝光于世，它也经常处于一种曝光的状态。

"你打算怎么办，告诉警察吗？"

明美明知不可能，却偏偏这样问我。去告诉警察等于自投罗网。

"谁会相信呀，你那些只能干些空投农药这种程度的抗议的伙伴，说他们会干毁灭东晓的爆炸事件，说了也只是会落个笑柄。"

"那我只有祈祷老天下雨了。"

明美喝干最后一滴啤酒,把空罐扔进垃圾袋里,然后向外看去。但身处地下,不知道外面现在是什么天气,只能看到发出白光的灯。明美懒懒地站起来,晃晃悠悠地走到窗边,拉上了窗帘。

第二天,我从明美钱包里抽出几张纸币放进自己口袋,又拿出抽屉里的化妆品,戴上太阳镜,完美地扮成女装出门了。紧张得感觉心脏似乎要从胸口里跳出来了,其实这完全是庸人自扰。根本没人注意我是女人还是男扮女装,我完全可以大摇大摆地走在马路上。

我首先去了一个事先调查好的批发商店,买了两个罐装黏着剂。店里人看我一句话也不说,只是递给他们备忘录看,并没有觉得不正常,也没问黏着剂的用途。之后我就一手提着一个沉重的罐子,步履蹒跚地走向冷清的风道。我先去了自己藏作品的地方,放下罐子,又朝佳其姆住的发电区走去。

在进入流浪者居住区的前一个风道时,有一个流浪者发现了我,恼怒地朝我走来。

"现在又来干什么?走!"

"佳其姆在吗?"

"快滚!"

流浪者怒吼着:"都是因为你!"双手猛推了我一把。"快走!自从你被通缉后,警察五次三番来这儿,以各种牵强附会的理由强行带走了好几个人。"他加重语气说道。而且听他说帮先生进行创作活动的人也寥寥无几了。流浪者双肩颤抖，似乎在很努力地压制自己想冲上来揍我一顿的念头。"你还要说什么？"他大吼。

他的高压态度让我很不满，可能的确是因为我杀了人才把警察招来的。但不缔结治安契约明明就是你们自己的不对嘛。虽说是因为我你们才不得不付自己早该付的账单，但我也不能容忍你乱发脾气呀。欠债还钱，天经地义呀。

本想至少也反驳上一句，但最终还是一句话也没说，沉默地从他身边走过，去了发电区。佳其姆正在自己的地方躺着，当她看清防水布外面的人是我时，吃惊得一下坐了起来。

"你还能到这儿来？"

"我有点儿事想要求你，行吗？"

流浪者一个接一个地从周围的帐篷里站出来，瞬间把我包围。他们向我投来充满敌意的眼神，嘴里还不停地骂骂咧咧。仓库里的流浪者听到动静，也纷纷赶了过来。

已经陷入一种一触即发的状态，我连嘴都张不开了。看了看帐篷里的佳其姆，她无奈地叹了口气。

为了控制局面，佳其姆从帐篷中出来，命令同伴散开。但他们一动也不动，其中一个愤怒地说："不能让他跑了！"刚才那人让我立马消失的时候，我要是消失就好了。

"讨厌！他有事才来这里找我的，你们别喊了。"

"那事情结束后，就随我们处置，行吗？"

"那就是他的事了,我管不了。"

"那我们也在这里听!"

流浪者们把我和佳其姆围在中间,依次就地坐下了。佳其姆苦笑着说:"看来也只能在这儿谈了。"

"是呀。"

我曾经也多多少少考虑到会被他们疏远,却从未想过会如此遭他们憎恨,或许是受到警察的严酷对待了吧。但我并没想到事情会变成这样呀。此时我深刻地体会到我并不是他们的朋友。

我直截了当地说希望得到他们的帮助。闻听此言的流浪者们发出怪叫声:"难道你打算做'先生'吗?"佳其姆一直歪着头听我把话说完。

"你的画也太一般了,挣不来钱的。很遗憾,我们帮不了你,我们不能合作。"

"我并不是要像先生那样进行迷倒众生的创作。"

"那要干什么?"

当然,一时之间我也答不上来。因为此时连我自己也搞不清楚自己究竟是怎样打算的。但也不能恬不知耻地就此作罢。

"你说的'交换条件'指的是什么?"

"是什么?就是指用什么和什么来交换的意思。"

"就是用我接下来要说的信息来交换。如果你们认为有用的话,请一定要答应帮我。"一时间流浪者们骂声一片,佳其姆瞪了他们一眼让他们闭嘴。

"请说吧。我洗耳恭听。"

"一个月之内,东晓会发生爆炸事件。"

佳其姆和流浪者们都陷入沉默。不是因为这个恐怖事件,而是因为我的傻话。我认为是这样的。

"你以为我们会相信你的玩笑话,帮你做那连一文钱也换不了的事情吗?"

"不是撒谎,他们的计划就是通过爆炸使地下塌方,东晓沉陷。"

为了证明自己的话,我差点儿说出自己多次接受该组织的委派去杀人。但话到嘴边又咽了回去。

"真够傻的。别说了,别说了。"

佳其姆卷起防水布打算回帐篷,我大喊了一声"等一下!"制止了她。"你当时都看到了吧?我捅死小混混的那一幕。"佳其姆回过头来问:"那又怎么样?"我打定主意说下去。"看到那一幕,你怎么想的?看上去我不像是第一次杀人吧?"

"这里有许多落魄的军人,杀人并不稀奇。"

"军人的话,的确如此。但不是军人的人杀人应该够稀奇了吧。"我自己说着,突然有点儿沮丧,"不用我对你一一说明了吧。请慎重考虑一下我刚才为什么说这些。"

佳其姆一动不动地看着我的眼睛,似乎在下某种判断,她叹了口气。

"你说的那伙人,是什么人?"

"'火红之鹫',最近换了头目的,变得很激进。"

佳其姆环视了一圈，问："知道吗？"其中一个回答道："听说过关于他们不好的传闻。"

"你成了他们的爪牙，应该为他们干掉一切干扰这个计划的人吧？"

我点点头："所以这里也很危险，不，东晓就没有安全的地方。怎么样，不是个没用的信息吧？"

"倒也是。"佳其姆嘟囔了一句，但仍然很惊讶，"不过，如果真的不是撒谎，为什么你要做那件傻事儿呢？难道不该准备立刻逃离东晓吗？我们也没有时间应付你的个人情趣呀。"

我被击中了要害。事实上，我也不是全部相信明美的话，如果真的相信，即使冒着被警察逮到的危险，我也得弄到通行证，如果不行的话，也会钻进货车，到军事特区去工作。

我无言以对，佳其姆耸耸肩，说了句"谈判失败。"就折回帐篷，落下了防水布。把我团团围坐在中间的流浪者也慢慢地站起身来。

我很害怕会被打死，但他们并没有冲上来，好像很扫兴地散开了，回到各自的地盘上。也有的人觉得我很可怜，施舍似的对我笑了笑。

只剩下我伶仃一人坐到最后，抬头一看，先生和美香子在那里。

"真是一场有趣的对决呀。"先生拍手说道。

"什么时候来的？"

"谈判中途的时候。"美香子笑着说，揶揄我化的妆和嘴上涂的口红。

"没有一点儿你的消息,真的好孤独呀。不过,你成通缉犯也是没有办法的事。"

"你怎么在这里?不是做别人的养女了吗?"

"哦,那件事呀?"美香子苦笑了一下,"我没同意。"

难以置信。这个年龄,那么好的条件。真不明白为什么会拒绝。

"那去福利组织吗?"

"不去了。我决定在这里生活。"

我简直不相信自己的耳朵,如果耳朵没有问题的话,那就是她在开玩笑吧。拒绝富足的生活,拒绝在福利机构的集体生活,做一个流浪者?

"快回去,找福利机构的人介绍一份正经工作吧?"

"帮助先生画画也是正经工作呀。"美香子站起来,拍拍身上的土,目不转睛地迎面盯着我,"而且,如果东晓灭亡了,工作什么的也就没有意义了吧。"

一直在旁边默不做声看着我们的先生偷偷笑了起来,说道"二连败。"便站了起来。

"我帮你吧,好像挺有趣的。"

"谢谢,不过只有两个人,根本不行。"

"不是两个人,是三个。"美香子插嘴说。一样。无论如何美香子也顶不了一个人用。

"有机会我再说说看,现在都在气头上,受此冷遇也是在所难免的，等心平气和了，或许就有人帮我们了。"

或许是吧。现在这些人头脑中存在的应该并不是同伴意识，而是排"我"意识。但这并不是时间所能够解决的问题，时间也许还会加重这种排斥意识的。

先生卷起佳其姆的防水布说道："你必须参加！"

"我不。挣不来钱，我才懒得动呢。"她躺在那里说道。

"但是，你欠他的人情呀。"

"说什么呢？才没有的事呢。"

"如果没有这家伙帮你，死的人或许就不是那个人而是你了。"

"怎么会呢？对那种事，我早就习惯了。"

"但被匕首顶着还是第一次吧？哦，是的。只是一次被醉鬼围攻的突发事件吗？"先生把头伸进帐篷，一字一顿地说道，"那或许就会是意外死亡喽。"

佳其姆找不出反驳的话，厌烦地扔了句"是吗？"就一把把先生推了出去，放下了防水布。

当天晚上，透过白色的防护雾层，可以清楚地看到月牙，天空澄明。我依旧男扮女装，尽可能选择人少的街道走向目的地。

身上这些衣服、装饰品的主人——明美——三天前就消失了。我在房主不在的房间里，为这一天做了周密的计划。当然，去往目的地的路线也在计划之内。

这些街道一旦延伸到地下，就是到了贫民街。就因为有家庭、亲人所以才不得不过着比流浪者更严峻的生活，这里就是他们的巢穴。在这里，无论走多久，都不会碰到人，鸦雀无声。因为签订了束缚诸多的契约，或许连拦路抢劫的勇气也被夺走了吧。

离开贫民街，道路又再次延伸到地面。突然面前出现了巨大的高层建筑群，广告屏犹如缠绕在墙面上的松垮绑带一样，在我的头上熠熠生辉。我觉得像是在恐吓我。再一想到与此相邻的那些过着拮据生活的人们，又觉得这更像是挑衅。朝那似乎总是靠近不了的风景走去，突然间觉得那风景如同海市蜃楼。

但好不容易走近海市蜃楼后，发觉路还长着呢。总之，一个个的街区大得难以置信。从远处看又细又高的大厦，一旦站在它的正下方，感觉似乎会被压碎在下面，十分恐惧。抬头往上看，别说月亮了，就连防护雾层也看不到，只有图像粒子停滞在眼前。

水神大厦即使在这些巨大的建筑群中，还是显得格外的高大。先生、美香子、佳其姆和其他五六个流浪者已经在水神大厦前等我了，他们旁边放着行李。

"迟到了哟。"美香子露出亲昵的笑容说道，"你是最后一个哟。"

首先，大家确认了一下自己的岗位。美香子负责放哨和收回落下的作品，佳其姆负责搬运工具，其他人负责往墙上贴画。

先生说过水神大厦是最难对付的地方。靠下的楼层处,人来人往,没有办法工作;中间的楼层,因为风大,没法骑自行车挥毫泼墨;上面的楼层的话,周围没有建筑物,没法搭脚手架。

"没想到让你抢了先了。"

我选了摄像头拍摄效果最好的中间楼层。在攀爬墙壁之前,除了佳其姆外,其他人都忙着往纸上涂强化剂,使之变硬。为了不被风刮起来,佳其姆把经过强化的纸捯起来,用带子捆好背在身上,第一个爬上了墙壁。到达目的地后,就把它们挂在墙上,然后再返回做同样的事。真想象不到平日里总是躺在帐篷里的佳其姆也这么能干。第一次参加的美香子似乎很兴奋,一边哼着歌一边忙活着。

我喊过美香子,把两台"折纸机"交由她保管。

"如果掉下来就摔坏了。"

"有两台呀。我都不知道!"

我们爬上湿漉漉的墙壁,大家按我的指示涂着黏着剂,依次贴上和能源广告屏大小一样的纸,满墙上都贴满了这种拼图游戏。当全部都贴好,看出全貌时,先生发出惊呼声。

"这不是不久前电视里演的那种小孩子节目里的游戏吗?"流浪者们揶揄先生说,"你可真明白呀!"大家一团和气。往返了好多趟,气急败坏的佳其姆大声呵责道:"别笑了,干活儿!"

我看着身体成形的库拉游击队,突然想起了小白。但不是最后见到的身处"火红之鹫"的小白。而是那个对我充满感情，被我欺负哭了的家乡的小白。经常给他画库拉游击队的画，而且总是要当着他的面撕掉他最喜欢的画。我喜欢看小白笑，但最喜欢的莫过于听到他那哑了的嗓子中发出的抽噎声。

这次的画小白会喜欢吗？

如果喜欢就好了。

在楼宇之间的缝隙中可以看到东方泛起了鱼肚白。"快点干！"一声令下。剩下的就只是用镘刀一点点往下压平褶皱，等到纸张变干的时候，一个流浪者发出一声感叹："真没想到能完成这样一幅巨大的画作呀。"

"但这么普通的作品，换不来钱的，根本没用。"

"是吗？"先生反驳道，"看拼图的过程不也是很有趣吗？而且这个还不费力气，不花时间。"

然后大家继续埋头干活儿。终于在太阳升起前完工了。我面向摄像头挥了挥手，先生和佳其姆也学着我的样子对着摄像头挥了挥。

从墙上一下来，美香子就边说着"大家辛苦了。"边迎了上来。

"真是太高兴了！"我难以抑制自己的兴奋之情，紧紧抱住美香子哭了起来。真没出息呀。但还是抛开耻辱和面子，放声号啕大哭着。美香子不知所措地呆呆站着。佳其姆拍拍我的肩安慰着我。

我一阵大哭之后，离开美香子的肩膀说了声："对不起！"美香子冲我笑笑，摇了摇头。

"还你人情了。"佳其姆对我说,"以后不会再帮你了。"

"我知道。"

"在东晓沉陷前赶紧撤吧。"

我看了一眼佳其姆,她补充道:"以防万一。"

"咦,那是谁?"美香子不经意间向远处瞥了一眼,"一个女人在看着我们呢,感觉有点不妙。"

我回头朝美香子看的地方望去,看了一眼掉头就狂奔起来,隔着一个街区我也知道是谁。

蜻蛉。

朝阳下,蜻蛉垂着的右手中握着的枪微微发光。是为杀我而来的,没错。

就这样被干掉吗?虽然是好不容易才找到我,虽然是第一次碰到这种事。我如同迷失在树木林立的森林中一样,不断向前跑。

回头看时,蜻蛉已经骑着摩托车追了上来,迅速拉近了和我的距离,我几近绝望了。所有的一切都要结束了。我不再跑了,停了下来。

浑蛋!不是被秋兄的血溅在身上就嗷嗷大哭的吗?真该在那个时候把她也解决了,现在后悔也来不及了。

蜻蛉把摩托车停在我面前,慢慢从车上下来,一半脸还是老样子,烧得溃烂。我死死地盯着没有表情的这一半脸。

"好久不见了。"蜻蛉说,"我们有多久没有见了?"

"你来干什么?"

"应该好好打招呼嘛。好不容易追到这里才见到你。"

"你以前可是一点儿也不想见我的。"

"是呀。那时没有兴趣。"蜻蛉的那一半脸露出笑容,"但现在是兴趣十足。"

蜻蛉端起了枪,枪口不偏不倚正好对准了我。

"要杀了我吗?"

"当然,但不是因为仇恨,是受命来杀你的。"

"怎么回事?"

被谁命令呢?如果是因为杀了秋兄,应该不会派她来。

"你不知道吧?好,那我告诉你。"蜻蛉一下放下了枪,"是我把你的事情告诉水神'龙'的,秋兄被你杀了之后,我就立刻请求公司派我来到东晓。不久后就有机会见到了'龙',他很喜欢我,说想找使唤完就干掉的马仔,我就介绍了你,我认为你很合适,用完就被干掉的杀手。"

我边听边想找个扑向她的机会,但距离太远。她继续说道:"但是,你不满足于这些杀人任务,还招揽了新的客人,最终连孩子都不放过,成了通缉犯,我真没想到你的本性如此恶劣。"

因为担心我,美香子他们都追了上来。

"这人是谁?"美香子战战兢兢地问,"你认识吗?"

"是的,非常熟悉。"蜻蛉冷笑着对美香子说,"他是杀害**我恋人的仇人。**"

蜻蛉把枪口指向美香子,扣动了扳机。枪响了,美香子的胸口**瞬间**出现一个大洞,倒在地上,佳其姆赶紧把美香子揽在怀里。

"这样我们就扯平了。"蜻蛉再度将枪口对准我,"放心去死吧。"

在这千钧一发的时刻,先生一下抱住蜻蛉的腰,把她摔了一个趔趄。枪一下从蜻蛉手中脱落,滑向地面。先生把她的双手反剪在身后,摁着她一动也不能动。

我拾起了枪,看了看佳其姆。

"不行了,死了。"

我朝蜻蛉开了两枪。一枪打中她的背部,另一枪打在头上。

先生站了起来,用袖子擦了擦溅在脸上的血。

"走吧。"

先生走在前面,后面是佳其姆、流浪者们,美香子在流浪者的背上。

我反复地看着美香子瘦小的背影和脑袋开花的蜻蛉,愕然不已。我不想跟先生他们走,所以就一个人离开树林去了贫民街。人们已经起床了,各自扫着门前。我快步走过这里。

我边走边强迫自己尽量不去想美香子。略微一想,蜻蛉也会同时从头脑中冒出来,感觉十分反胃。我离开贫民街,去了风道,在此期间一直在心中默念:"小白,小白……"

我既不想去明美的公寓,也不想去发电区,于是就回到自己那狭小的藏匿处,倒头便睡。一闭上眼就睡着了。

从沉睡中醒来时,风道还是亮的。真不知道自己睡了多久了。找了找口袋,没有"折纸机",突然想起把两台"折纸机"

都交给美香子了。

"小白,小白……"我急忙从脑海中赶走美香子,想着小白。

突然传来巨大的地盘鸣动声,藏匿处上下剧烈摇晃起来,难道世界要颠覆了吗?但我一直想着小白。

摇晃非但没有停止,反而越来越剧烈。天花板出现了裂缝。我发自内心地高兴。不久这种高兴就转化成声音,我翻筋斗似的笑着打滚。

小白,快看!怎么样?刺啦刺啦都撕破了。哭吧!

伴着这种强烈的念头,我被压在东晓之下,死了。肉身融化了,曾有的意识、记忆也交到了小白手上,直到现在我的骨头还被埋在东晓下面。后世所想出来的、描述出的那种浪漫,丁点儿未有。只是因为亲眼目睹了美香子和蜻蛉的死,备受刺激,所以东晓沉陷的事情轻而易举地忘记了。

我不后悔,虽然是犹如垃圾般的人生。与这种垃圾人生相匹配,我随心所欲地活过。唯一牵挂的就是那天该不该捡小白,被我捡回的小白幸福吗?仅此而已。

小白也一样。他也十分挂念我。我死后快一个世纪了,他还是不能释怀。

"哥哥的死难道不是我造成的吗?"小白问已经知道了一切、回到自己对面座位上的客人,"如果没有捡我,哥哥就不会受欺辱,也就不会离开村子,不会杀人。当然,也就不会有水神大厦墙上的库拉游击队画作了,也不会被压在东晓下面死掉。凶手就是我。"小白不顾一切地抢白道。

"你的意思是不捡你就好了？"

"或许是这样。"

房间内一下暗了下来。客人眯起眼睛注视着黑暗中的小白，问道："那么，你对捡你的哥哥，怀有一种怎样的感情呢？"

"那是……"小白的"折纸机"欲言又止，"感激，你明白吗？"

客人无法判断小白这句话是否出自真心。或者说，从一开始就没有想去判断。眼前这位老人隐忍了十五年，爬到"火红之鹫"的领导层，又从内部捣毁了该组织，然后以此为支点，秘密策划了财政界的内幕，最终坐到了水资源控制权的第一把交椅上。但突然某一天，在东晓的正中间建起一座全功能的房屋，从此隐居于此。他的想法通常是常人无法揣测的。所以客人除了全部提问，也没有别的办法。包括是否是真心的问题。

"为什么要三十多年隐居在这里，闭门不出，难道是虚度人生吗？还是说人生中应该做的事儿都做完了？"

让客人这样一问，仿佛小白的人生全部都奉献给了死去的我似的。为了我，捣毁了"火红之鹫"，为了我，取得了东晓的水资源控制权。没有可以为我做的事了，就抛开俗世，隐遁于此了。

小白没有回答，一直摆弄着手里的"折纸机"。客人把这当成默认，更加慷慨激昂了。

"如果你真的感谢你的哥哥，就不应该这样活着。莲沼健的确是为了你而活着，但不仅仅是为你而活呀。"

我想念小白，往水神大厦的墙上画库拉游击队，但不仅仅是因为小白，还掺杂着复杂的感情，客人一语道破了这一点。杀人也是，倒不如说是想以小白为借口呢。与遥远的小白和家人的幸福相比，我在东晓想得到的应该是离自己更近的东西。

"所以你也要为自己活着。"客人说。或许是因为刚刚看过我的意识部分和记忆内容，他的口吻充满了感情。

突然，房间里亮了起来。墙壁、地板、天花板都笼罩着黄色。小白的"折纸机"传出"咻咻"的笑声，似乎是实在控制不住了。客人被突如其来的强光刺得眼泪都出来了，他还在等着面前这位老人说话。

"折纸机"慢慢发出了声音："你来这里，在我看来也是在做傻事，难道和我不一样吗？"

"追溯莲沼健的人生是我活着的意义，和隐居闭门不出的你不同。"

不是这样的，虽然看上去闭门不出，但也并非全是这样。客人调查我这件事，在别人看来是种嗜好。谁也不会想到是他的人生的意义。

把感情移到我身上，人生的意义却被归结为一句"傻事"，客人有些亢奋。小白稍显惊愕地安慰着他，还露出哄孩子的笑靥，张开双臂说："已经没必要出去了。我人生中所有的喜悦都在这里。"

这次，客人能判断出小白的话是否出自真心。